中国古典小说丛书

[宋]李昉 著

太平广记

精选

江西美术出版社
全国百佳出版单位

图书在版编目（CIP）数据

太平广记：精选/（宋）李昉著. -- 南昌：江西美术出版社, 2018.10（2019.10重印）
ISBN 978-7-5480-6176-2

Ⅰ.①太… Ⅱ.①李… Ⅲ.①笔记小说—小说集—中国—北宋 Ⅳ.①I242.1

中国版本图书馆CIP数据核字（2018）第139074号

出 品 人：周建森
企　　划：江西美术出版社北京分社
　　　　　（北京江美长风文化传播有限公司）
责任编辑：楚天顺　康紫苏
责任印制：谭勋

太平广记：精选
TAIPING GUANGJI JINGXUAN
（宋）李昉 著

出版发行：江西美术出版社
社　　址：南昌市子安路66号　江美大厦
网　　址：http://www.jxfinearts.com
电子信箱：jxms@jxfinearts.com
电　　话：010-82293750　0791-86566124
邮　　编：330025
经　　销：全国新华书店
印　　刷：河北盛世彩捷印刷有限公司
版　　次：2018年10月第1版
印　　次：2019年10月第2次印刷
开　　本：690mm×960mm　1/16
印　　张：10.5
ISBN 978-7-5480-6176-2
定　　价：24.00元

本书由江西美术出版社出版，未经出版者书面许可，不得以任何方式抄袭、复制或节录本书的任何部分。
版权所有，侵权必究
本书法律顾问：江西豫章律师事务所　晏辉律师

"中国古典小说丛书"出版说明

所谓"古典小说"云者,其义有二焉:一曰,但凡古代之小说,皆可谓之"古典小说";一曰,但凡技法未受泰西影响之小说,亦可谓之"古典小说"。然此特就今人之观念言之耳。

揆诸坟典,"小说"一词,出自《庄子·外物篇》,其言曰:"饰小说以干县令,其于大达亦远矣。"由此观之,庄子所谓"小说",不过琐屑之言,以其无关道术,故以小说名之耳。

炎汉成、哀之世,刘向、刘歆父子典校秘书,检讨百家学说,取桓谭《新论》"小说家合丛残小语,近取譬论,以作短书,治身治家,有可观之辞"之意,把《伊尹说》《鬻子说》诸书,归为"小说家"之书,而《汉书·艺文志》(以下简称《汉志》)继之。夷考其说,"小说家者流,盖出于稗官,街谈巷语,道听途说者之所造也"(语出《汉志》),此亦非后世之小说也。

唐修《隋书》,其《经籍志》立论本诸《汉志》,以小说为"街谈巷语之说"(《隋书·经籍志》语)。当此之时,小说之名虽同,而其类目稍广,举凡《燕丹子》《世说》《迩说》之属,皆可入诸小说名下。

后晋修《唐书》,其《经籍志》立论与《隋志》无异,以《博物志》隶小说,此为"神异志怪之书"入小说之始。

天水一朝,欧阳文忠公撰《新唐书·艺文志》(以下简称《新唐志》),以《列异传》《甄异传》《续齐谐记》《感应传》《旌异记》等"史部·杂传类"之书移于"小说类"。至是,小说之部类日夥。

及元脱脱修《宋史》,《艺文志·小说类》承《新唐志》之旧而增广之。

明胡应麟以小说繁夥，派别滋多，于是综核大凡，分小说为六类：一曰"志怪"，一曰"传奇"，一曰"杂录"，一曰"丛谈"，一曰"辩订"，一曰"箴规"。至此，小说一类已蔚为大观，脱《汉志》"街谈巷语"之成规。

清修"四库"，《总目提要》（以下简称《提要》）别小说为三派，"其一叙述杂事……其一记录异闻……其一缀辑琐语"，而又损益之。考诸《提要》，则损益可知：一曰，进"丛谈""辩订""箴规"为"杂家"；一曰，隶《山海经》《穆天子传》诸书于小说。小说范围，至是乃稍整洁矣。其分目虽殊，而论述则袭诸旧志。

曩者宋元明清之史志，难觅"平话""演义"之书，此特士夫习气，鄙其为末流所使然也。史家成见，一至于斯。今人刻书，自当脱古人窠臼。

说部诸书，以文体分，有"白话""文言"之别；以体裁分，有"话本""传奇""演义"之别；以内容分，有"佳话""世情""侠义""家将""神魔"之别。细玩其文，既有劝世之良言，亦有"诲淫诲盗"之糟粕，而抉择去取，转成读说部书之第一要务。以此之故，编者特于说部诸书择其精者，辑之而为"中国古典小说丛书"，凡百余种。

然说部之书浩如烟海，其精者又何限于区区百十之数？此次出版，难免遗珠之憾。然能俾读者因之而省择取之劳，进而得窥说部精要，示人以津梁，则尚不违出版"中国古典小说丛书"之初心。

说部之书，多出自书坊，脱误错乱，在所难免，故于"取其精华，去其糟粕"外，尚需广施校雠，始得成其为可读之书。以此之故，编者多方搜罗以定底本，精排其版以美其观，躬自校雠以正讹误，然后付诸枣梨，装订成书，以飨读者。

限于编者学力有限，书中疏漏之处，在所难免，尚祈广大方家、读者诸君不吝批评斧正。凡能指出书中一二谬误者，皆为吾师，吾人不胜感激之至。

戊戌仲夏上浣，邵鹏军序于丰台晓月里

目　录

卷第一
　　神仙一 ··· 001

卷第二
　　神仙二 ··· 002

卷第四
　　神仙四 ··· 003

卷第五
　　神仙五 ··· 004

卷第六
　　神仙六 ··· 005

卷第七
　　神仙七 ··· 006

卷第十
　　神仙十 ··· 007

卷第十三
　　神仙十三 ··· 008

卷第十九
　　神仙十九 ··· 010

卷第二十二
　　神仙二十二 ·· 011

卷第二十三
　　神仙二十三 ·· 012

卷第二十四
　　神仙二十四 ·· 014

卷第二十七
　　神仙二十七 ·· 016

卷第二十九
神仙二十九……017

卷第三十五
神仙三十五……018

卷第三十六
神仙三十六……020

卷第三十七
神仙三十七……022

卷第四十
神仙四十……024

卷第四十一
神仙四十一……027

卷第四十二
神仙四十二……029

卷第四十五
神仙四十五……032

卷第四十七
神仙四十七……034

卷第四十八
神仙四十八……036

卷第四十九
神仙四十九……037

卷第五十三
神仙五十三……039

卷第六十
女仙五……041

卷第六十二
女仙七……044

卷第六十六
女仙十一……046

卷第六十九
女仙十四 ·· 048

卷第七十
女仙十五 ·· 049

卷第七十三
道术三 ·· 051

卷第七十六
方士一 ·· 052

卷七十七
方士二 ·· 054

卷第七十九
方士四 ·· 055

卷第八十
方士五 ·· 056

卷第八十一
异人一 ·· 058

卷第八十二
异人二 ·· 059

卷第八十四
异人四 ·· 061

卷第八十五
异人五 ·· 063

卷第八十六
异人六 ·· 065

卷第八十九
异僧三 ·· 066

卷第九十一
异僧五 ·· 067

卷第九十二
异僧六 ·· 069

卷第九十四
异僧八 …………………………………………………… 070

卷第九十六
异僧十 …………………………………………………… 071

卷第九十七
异僧十一 ………………………………………………… 073

卷第一百零八
报应七 …………………………………………………… 074

卷第一百一十二
报应十一 ………………………………………………… 075

卷第一百一十七
报应十六 ………………………………………………… 076

卷第一百二十六
报应二十五 ……………………………………………… 077

卷第一百三十二
报应三十一 ……………………………………………… 078

卷第一百三十五
征应一 …………………………………………………… 079

卷第一百三十六
征应二 …………………………………………………… 080

卷第一百三十七
征应三（人臣休征）…………………………………… 081

卷第一百三十八
征应四 …………………………………………………… 082

卷第一百四十六
定数一 …………………………………………………… 083

卷第一百五十五
定数十 …………………………………………………… 084

卷第一百五十六
定数十一 ………………………………………………… 085

卷第一百六十
　　定数十五 …… 086

卷第一百六十四
　　名　贤 …… 087

卷第一百六十五
　　廉　俭 …… 089

卷第一百六十六
　　气义一 …… 090

卷第一百六十八
　　气义三 …… 091

卷第一百六十九
　　知人一 …… 092

卷第一百七十一
　　精察一 …… 093

卷第一百七十二
　　精察二 …… 094

卷第一百七十四
　　俊辩二（幼敏附）…… 095

卷第一百七十五
　　幼　敏 …… 096

卷第一百七十六
　　器量一 …… 097

卷第一百七十八
　　贡举一 …… 098

卷第一百七十九
　　贡举二 …… 099

卷第一百八十一
　　贡举四 …… 100

卷第一百八十五
　　铨选一 …… 101

卷第一百八十七
　职　官 ·· 102

卷第一百九十一
　骁勇一 ··· 103

卷第一百九十五
　豪侠三 ··· 104

卷第一百九十七
　博　物 ·· 105

卷第一百九十八
　文章一 ··· 106

卷第二百零二
　儒行（怜才　高逸） ······························· 107

卷第二百零四
　乐　二 ·· 108

卷第二百零七
　书　二 ·· 109

卷第二百一十
　画　一 ·· 110

卷第二百一十六
　卜筮一 ··· 111

卷第二百一十九
　医　二 ·· 112

卷第二百二十
　医　三 ·· 113

卷第二百二十一
　相　一 ·· 114

卷第二百二十四
　相　四 ·· 115

卷第二百二十五
　伎巧一 ··· 116

卷第二百二十七
伎巧三 ·································· 117

卷第二百二十九
器玩一 ·································· 118

卷第二百三十四
食 ······································· 119

卷第二百三十五
交　友 ·································· 120

卷第二百三十六
奢侈一 ·································· 121

卷第二百三十九
谄佞一 ·································· 123

卷第二百四十
谄佞二 ·································· 124

卷第二百四十五
诙谐一 ·································· 125

卷第二百五十
诙谐六 ·································· 126

卷第二百六十四
无赖二 ·································· 127

卷第二百六十七
酷暴一 ·································· 128

卷第二百七十二
妇人三 ·································· 129

卷第二百七十六
梦　一 ·································· 130

卷第二百八十
梦　五 ·································· 131

卷第二百八十五
幻术二 ·································· 132

卷第二百八十八
妖妄一·· 133

卷第二百九十一
神　一·· 134

卷第三百零四
神十四·· 135

卷第三百一十三
神二十三·· 136

卷第三百一十六
鬼　一·· 137

卷第三百一十八
鬼　三·· 138

卷第三百三十
鬼十五·· 139

卷第三百八十七
悟前生一·· 140

卷第三百八十九
冢墓一·· 141

卷第三百九十八
石·· 142

卷第三百九十九
水·· 143

卷第四百
宝　一·· 144

卷第四百零三
宝　四·· 145

卷第四百零九
草木四·· 146

卷第四百一十八
龙　一·· 147

卷第四百二十
龙 三……………………………………………… 148

卷第四百二十四
龙 七……………………………………………… 149

卷第四百二十六
虎 一……………………………………………… 150

卷第四百四十六
畜兽十三…………………………………………… 151

卷第五百
杂录八……………………………………………… 152

卷第一

神仙一

广成子

广成子者，古之仙人也。居崆峒之山，石室之中，黄帝闻而造焉。曰："敢问至道之要。"广成子曰："尔治天下，禽不待候而飞，草木不待黄而落，何足以语至道？"黄帝退而闲居三月，后往见之，膝行而前。再拜请问治身之道。广成子答曰："至道之精，杳杳冥冥，无视无听。抱神以静，形将自正。必净必清，无劳尔形，无摇尔精，乃可长生。慎内闭外，多知为败。我守其一，以处其和，故千二百岁，而形未尝衰。得我道者上为皇，失吾道者下为土。将去汝入无穷之门，游无极之野，与日月参光，与天地为常。人其尽死。而我独存矣。"

（出《神仙传》）

卷第二

神仙二

燕昭王

燕昭王者，哙王之子也。及即位，好神仙之道。仙人甘需臣事之，为王述昆台登真之事，去嗜欲，撤声色，无思无为，可以致道。王行之既久，谷将子乘虚而集，告于王曰："西王母将降，观尔之所修，示尔以灵玄之要。"后一年，王母果至。与王游燧林之下，说炎皇钻火之术。然绿桂膏以照夜，忽有飞蛾衔火，集王之宫。得圆丘砂珠，结而为佩。王登捱日之台，得神鸟所衔洞光之珠，以消烦暑。自是王母三降于燕宫，而昭王狗于攻取，不能遵甘需澄静之旨，王母亦不复至。甘需白："王母所设之馔，非人世所有，玉酒金醴，后期万祀，王既尝之，自当得道矣。但在虚疑纯白。保其遐龄耳。"甘需亦升天而去。三十三年，王无疾而殂，形骨柔软，香气盈庭。子惠王立矣。（出《仙传拾遗》）

卷第四

神仙四

王子乔

　　王子乔者，周灵王太子也。好吹笙作凤凰鸣。游伊洛之间，道士浮丘公，接以上嵩山，三十余年。后求之于山，见桓良曰："告我家，七月七日待我于缑氏山头。"果乘白鹤，驻山岭。望之不到，举手谢时人，数日而去。后立祠于缑氏及嵩山。（出《列仙传》）

卷第五

神仙五

茅濛

茅濛，字初成，咸阳南关人也，即东卿司命君盈之高祖也。濛性慈悯，好行阴德，廉静博学。逆睹周室将衰，不求进于诸侯。常叹人生若电流，出处宜及其时。于是师北郭鬼谷先生，受长生之术，神丹之方。后入华山，静斋绝尘，修道合药，乘龙驾云，白日升天。先是其邑谣曰："神仙得者茅初成，驾龙上升入太清。时下玄洲戏赤城，继世而往在我盈。帝若学之腊嘉平。"秦始皇闻之，因改腊为"嘉平"。（出《洞仙传》）

卷第六

神仙六

王 乔

　　王乔，河东人也，汉显宗时为叶令。有神术，每月朔望，常诣京朝。帝怪其来数，而不见车骑，密令太史伺望之。言临至，必有双凫从东南飞来。于是候凫至，举罗张之，但得一舄焉，乃四年时所赐尚书官属履也。每当朝时，叶县门下鼓，不击自鸣，闻于京师。后天忽下玉棺于庭前，吏人推排，终不摇动。乔曰："天帝欲召我也。"乃沐浴服饵，卧棺中，盖便立复。宿昔乃葬城东，土自成坟。其夕，县中牛羊皆流汗喘乏，人莫知之。百姓为立庙，号"叶君祠"，祷无不应，远近尊崇。帝诏迎取其鼓，置都亭下，略无复声。或云："即古仙人王乔也，示变化之迹于世耳。"（出《仙传拾遗》）

卷第七

神仙七

伯山甫

伯山甫者，雍耕人也。入华山中，精思服食，时时归乡里省亲，如此二百年不老。到人家，即数人先世以来善恶功过，有如临见。又知方来吉凶，言无不效。其外甥女年老多病，乃以药与之。女时年已八十，转还少，色如桃花。汉武遣使者行河东，忽见城西有一女子，笞一老翁，俯首跪受杖。使者怪问之，女曰："此翁乃妾子也，昔吾舅氏伯山甫，以神药教妾，妾教子服之，不肯，今遂衰老，行不及妾，故杖之。"使者问女及子年纪，答曰："妾已二百三十岁，儿八十矣。"后入华山去。（出《神仙传》）

卷第十

神仙十

王　兴

　　王兴者，阳城人也，居壶谷中，乃凡民也。不知书、无学道意。汉武上嵩山，登大愚石室，起道宫，使董仲舒、东方朔等，斋洁思神。至夜，忽见有仙人，长二丈，耳出头巅，垂下至肩。武帝礼而问之，仙人曰："吾九嶷之神也，闻中岳石上菖蒲，一寸九节，可以服之长生，故来采耳。"忽然失神人所在。帝顾侍臣曰："彼非复学道服食者，必中岳之神以喻朕耳。"为之采菖蒲服之。经二年，帝觉闷不快，遂止。时从官多服，然莫能持久。唯王兴闻仙人教武帝服菖蒲，乃采服之不息，遂得长生。邻里老少，皆云世世见之。竟不知所之。（出《神仙传》）

卷第十三

神仙十三

尹 轨

尹轨者，字公度，太原人也。博学五经，尤明天文星气，河洛谶纬，无不精微。晚乃学道。常服黄精华，日三合，计年数百岁。其言天下盛衰，安危吉凶，未尝不效。腰佩漆竹筒士数枚，中皆有药，言可辟兵疫。常与人一丸，令佩之。会世大乱，乡里多罹其难，唯此家免厄。又大疫时，或得粒许大涂门，则一家不病。弟子黄理，居陆浑山中。患虎暴。公度使其断木为柱，去家五里，四方各埋一柱，公度即印封之，虎即绝迹，到五里辄还。有怪鸟止屋上者，以白公度，公度为书一符，着鸟所鸣处。至夕，鸟伏死符下。或有人遭丧，当葬而贫，汲汲无以办。公度过省之，孝子逐说其孤苦，公度为之怆然，令求一片铅。公使入荆山，架小屋，于炉火中销铅，以所带药如米大，投铅中搅之，乃成好银。与之，告曰："吾念汝贫困，不能营葬，故以拯救。慎勿多言也。"有人负官钱百万，身见收缚。公度于富人借数千钱与之，令致锡，得百两。复销之，以药方寸匕投之，成金，还官。后到太和山中仙去也。（出《神仙传》）

卷第十九

神仙十九

郭子仪

郭子仪,华州人也。初从军沙塞间,因入京催军食,回至银州十数里,日暮,忽风砂陡暗,行李不得,遂入道旁空屋中,籍地将宿。既夜,忽见左右皆有赤光,仰视空中,见辇辎车绣屋中,有一美女,坐床垂足,自天而下,俯视。子仪拜祝云:"今七月七日,必是织女降临,愿赐长寿富贵。"女笑曰:"大富贵,亦寿考。"言讫,冉冉升天,犹正视子仪。良久而隐。子仪后立功贵盛,威望烜赫。大历初,镇河中,疾甚,三军忧惧。子仪请御医及幕宾王延昌、孙宿、赵惠伯、严郢等曰:"吾此疾自知未到衰殒。"因话所遇之事,众称贺忻悦。其后拜太尉尚书令尚父,年九十而薨。(出《神仙感遇传》)

卷第二十二

神仙二十二

蓝采和

蓝采和，不知何许人也。常衣破蓝衫，六銙黑木腰带，阔三寸余。一脚着靴，一脚跣行。夏则衫内加絮，冬则卧于雪中，气出如蒸。每行歌于城市乞索，持大拍板，长三尺余，常醉踏歌。老少皆随看之。机捷谐谑，人问，应声答之，笑皆绝倒。似狂非狂，行则振靴唱踏歌："踏歌蓝采和，世界能几何。红颜一春树，流年一掷梭。古人混混去不返，今人纷纷来更多。朝骑鸾凤到碧落，暮见苍田生白波。长景明晖在空际，金银宫阙高嵯峨。"歌词极多，率皆仙意，人莫之测。但以钱与之，以长绳穿，拖地行。或散失，亦不回顾。或见贫人，即与之，及与酒家。周游天下，人有为儿童时至及斑白见之，颜状如故。后踏歌于濠梁间酒楼，乘醉，有云鹤笙箫声，忽然轻举于云中，掷下靴衫腰带拍板，冉冉而去。（出《续神仙传》）

卷第二十三

神仙二十三

王远知

　　道士王远知，本琅琊人也。父昙选，除扬州刺史。远知母，驾部郎中丁超女也。常梦彩云灵凤集其身上，因而有娠。又闻腹中声。沙门宝诰对昙选曰："生子当为神仙宗伯。"远知少聪敏，博综群书。初入茅山，师事陶弘景，传其道法。及隋炀帝为晋王，镇扬州，起玉清玄坛，邀远知主之，使王子相、柳顾言相次召之。远知遂来谒见，斯须而须发变白。晋王惧而遣之，少选又复其旧。唐高祖之龙潜，远知尝密陈符命。武德中，秦王世民与幕属房玄龄微服以谒远知，远知迎谓曰："此中有圣人，得非秦王乎？"太宗因以实告。远知曰："方作太平天子，愿自爱也。"太宗登极，将加重位，固请归山。贞观九年，润州茅山置太平观，并度二七人，降玺书慰勉之。后谓弟子潘师正曰："见仙格，以吾小时误损一童子吻，不得白日升天。今见召为少室山伯，

将行在即。"翌日，沐浴加冠衣，焚香而卒，年一百二十六岁。谥曰升玄先生云。（出《谈宾录》）

益州老父

唐则天末年，益州有一老父，携一药壶于城中卖药，得钱即转济贫乏。自常不食，时即饮净水，如此经岁余，百姓赖之。有疾得药者，无不愈。时或自游江岸，凝眸永日；又或登高引领，不语竟日。每遇有识者，必告之曰："夫人一身，便如一国也。人之心即帝王也，傍列脏腑，即内辅也。外张九窍，则外臣也。故心有病则内外不可救之，又何异君乱于上，臣下不可正之哉！但凡欲身之无病，必须先正其心，不使乱求，不使狂思，不使嗜欲，不使迷惑，则心先无病。心先无病，则内辅之脏腑，虽有病不难疗也；外之九窍，亦无由受病矣。况药亦有君臣，有佐有使，苟或攻其病，君先臣次，然后用佐用使，自然合其宜。如以佐之药用之以使，使之药用之以佐，小不当其用，必自乱也，又何能攻人之病哉！此又象国家治人也。老夫用药，常以此为念。每遇人一身，君不君，臣不臣，使九窍之邪，悉纳其病，以至于良医自逃，名药不效，犹不知治身之病后时矣。悲夫！士君子记之。"忽一日独诣锦川，解衣净浴，探壶中，惟选一丸药。自吞之，谓众人曰："老夫罪已满矣，今却归岛上。"俄化一白鹤飞去。衣与药壶，并没于水，永寻不见。（出《潇湘录》）

卷第二十四

神仙二十四

萧静之

兰陵萧静之，举进士不第。性颇好道，委书策，绝粒炼气，结庐漳水之上，十余年而颜貌枯悴，齿发凋落。一旦引镜而怒，因迁居邺下，逐市人求什一之利。数年而资用丰足，乃置地葺居。掘得一物，类人手，肥而且润，其色微红。叹曰："岂非太岁之神，将为祟耶？"即烹而食之，美，既食尽。逾月而齿发再生，力壮貌少，而莫知其由也。偶游邺都，值一道士，顾静之骇丽言曰："子神气若是，必尝饵仙药也。"求诊其脉焉，乃曰："子所食者肉芝也，生于地，类人手，肥润而红。得食者寿同龟鹤矣。然当深隐山林，更期至道，不可自混于臭浊之间。"静之如其言，舍家云水，竟不知所之。（出《神仙感遇传》）

朱孺子

　　朱孺子，永嘉安国人也。幼而事道士王玄真，居大箬岩。深慕仙道，常登山岭，采黄精服饵。一日，就溪濯蔬，忽见岸侧有二小花犬相趁。孺子异之，乃寻逐入枸杞丛下。归语玄真，讶之。遂与孺子俱往伺之，复见二犬戏跃，逼之，又入枸杞下。玄真与孺子共寻掘，乃得二枸杞根，形状如花犬，坚若石。洗挈归以煮之。而孺子益薪看火，三日昼夜，不离灶侧。试尝汁味，取吃不已。及见根烂，告玄真来共取，始食之。俄倾而孺子忽飞升在前峰上。玄真惊异久之。孺子谢别玄真，升云而去。到今俗呼其峰为童子峰。玄真后饵其根尽。不知年寿，亦隐于岩之西陶山。有采捕者，时或见之。（出《续神仙传》）

卷第二十七

神仙二十七

玄真子

　　玄真子姓张，名志和，会稽山阴人也。博学能文，擢进士第。善书。饮酒三斗不醉。守真养气，卧雪不寒，入水不濡。天下山水，皆所游览。鲁国公颜真卿与之友善。真卿为湖州刺史，与门客会饮，乃唱和为渔父词，其首唱即志和之词，曰："西塞山边白鹭飞，桃花流水鳜鱼肥。青箬笠，绿蓑衣，斜风细雨不须归。"真卿与陆鸿渐、徐士衡、李成矩共和二十五首，递相夸赏，而志和命丹青剪素，写景天词，须臾五本。花木禽鱼，山水景像，奇绝踪迹，今古无伦。而真卿与诸客传玩，叹服不已。其后真卿东游平望驿，志和酒酣，为水戏，铺席于水上独坐，饮酌笑咏。其席来去迟速，如刺舟声。复有云鹤随覆其上。真卿亲宾参佐观者，莫不惊异。寻于水上挥手，以谢真卿，上升而去。今犹有宝传其画在人间。（出《续仙传》）

卷第二十九

神仙二十九

十仙子

唐玄宗尝梦仙子十余辈，御卿云而下列于庭，各执乐曲而奏之，其度曲清哉，真仙府之音也。及乐阕，有一仙人前而言曰："陛下知此乐乎？此神仙《紫云曲》也。今愿传授陛下，为圣唐正始音。与夫咸池大夏，固不同矣。"玄宗喜甚，即传受焉。俄而寤，其余响犹若在听。玄宗遽命玉笛吹而习之，尽得其节奏；然嘿不泄。及晓，听政于紫宸殿，宰臣姚崇、宋璟入，奏事于御前，玄宗俯若不闻。二相惧，又奏之。玄宗即起，卒不顾二相。二相益恐，趋出。时高力士侍于玄宗，即奏曰："宰相请事，陛下宜面决可否。向者崇、璟所言，皆军国大政，而陛下卒不顾，岂二相有罪乎？"玄宗笑曰："我昨夕梦仙人奏乐曰《紫云曲》，因以授我，我失其节奏，由是嘿而习之，故不暇听二相奏事。"即于衣中出玉笛，以示力士。是日力士至中书，以事语于二相。二相惧少解。曲后传于乐府。（出《神仙感遇传》，陈校本作出《宣室志》）

卷第三十五

神仙三十五

成真人

成真人者，不知其名，亦不知所自。唐开元末，有中使自岭外回，谒金天庙，奠祝既毕，戏问巫曰："大王在否？"对曰："不在。"中使讶其所答，乃诘之曰："大王何往而云不在？"巫曰："关外三十里迎成真人耳。"中使遽令人于关候之。有一道士，弊衣负布囊，自关外来。问之姓成，延于传舍，问以所习，皆不对。以驿骑载之到京，馆于私第，密以其事奏焉。玄宗大异之，召入内殿，馆于蓬莱院，诏问道术及所修之事，皆拱默不能对，沉真朴略而已。半岁余，恳求归山。既无所访问，亦听其所适，自内殿挈布囊徐行而去。见者咸笑焉。所司扫洒其居，改张帏幕，见壁上题曰："蜀路南行，燕师北至。本拟白日升天，且看黑龙饮渭。"其字刮洗愈明。以事上闻。上默然良久，颇亦追思之。其后禄山起燕，圣驾幸蜀，皆如其谶。（出《仙传拾遗》）

齐　映

　　齐相公映，应进士举，至省访消息。歇礼部南院，遇雨未食，傍徨不知所之，徐步墙下。有一老人，白衣策杖，二小奴从，揖齐公曰："日已高，公应未餐，某居处不远，能暂往否。"映愧谢，相随至门外。老人曰："某先去，留一奴引郎君。"跃上白驴如飞。齐公乃行至西市北，入一静坊新宅，门曲严洁。良久，老人复出。侍婢十余，皆有所执。至中堂坐，华洁侈盛。良久，因铺设于楼，酒馔丰异。逡巡，人报有送钱百千者。老人曰："此是酒肆所入。某以一丸药作一瓮酒。"及晚请去。老人曰："郎君有奇表，要作宰相耶？白日上升耶？"齐公思之良久，云："宰相。"老人笑曰："明年必及第，此官一定。"赠帛数十疋，云："慎不得言于人。有暇即一来。"齐公拜谢。自后数往，皆有卹赍。至春果及第。同年见其车服修整，乘醉诘之。不觉尽言。偕二十余人，期约俱诣就谒。老人闻之甚悔。至则以废疾托谢不见，各奉一缣，独召公入，责之曰："尔何乃轻泄也？比者升仙之事亦得，今不果矣。"公哀谢负罪，出门去。旬日复来，宅已货讫，不知所诣。（出《逸史》）

卷第三十六

神仙三十六

徐佐卿

唐玄宗天宝十三载重阳日猎于沙苑。时云间有孤鹤徊翔。玄宗亲御弧矢中之。其鹤即带箭徐坠，将及地丈许，欸然矫翼，西南而逝。万众极目，良久乃灭。益州城西十五里，有道观焉。依山临水，松桂深寂，道流非修习精悫者莫得而居之。观之东廊第一院，尤为幽寂。有自称青城山道士徐佐卿者，清粹高古，一岁率三四至焉。观之耆旧，因虚其院之正堂，以俟其来。而佐卿至则栖焉，或三五日，或旬朔，言归青城。甚为道流所倾仰。一日忽自外至，神彩不怡，谓院中人曰："吾行山中，偶为飞矢所加，寻已无恙矣；然此箭非人间所有，吾留之于壁，后年箭主到此，即宜付之，慎无坠失。"乃援毫记壁云："留箭之时，则十三载九月九日也。"及玄宗避乱幸蜀，暇日命驾行游，偶至斯观，乐其嘉境，因遍幸道室。既入此堂，忽睹其箭，命侍臣取而玩之，盖御箭也。深异之，因询观之道士。具以实对。则视佐卿所题，乃前岁沙苑从田之箭也，佐卿盖中箭孤鹤耳。究其题，乃沙苑翻飞，当日而集于斯欤。玄宗大奇之，因收其箭而宝焉。自后蜀人亦无复有遇佐卿者。（出《广德神异录》）

卷第三十七

神仙三十七

杨越公弟

唐建中初，楚州司马杨集，自京之任，至华阴宿。夜有老人，戴大帽，到店。就炉向火。杨君见其耆耄，因与酒食。问姓氏。曰："姓杨。"又诘其祖先。云："越公最近。"杨公乃越侄孙，复重问。曰："为君所迫，我乃尽言。我是越公季弟也，遭兄亡命，遂遇道真。"集闻姓氏，再拜复坐。曰："吾亦知汝过此，故来相看。祖母与姑数人悉在，汝欲见否？吾先报去。"少顷复至。明旦，与杨君入山，约里余，有大涧，阔数丈。老父超然而越。回首谓杨君曰："当止此。吾与汝唤阿婆去。"逡巡间，老母及女与六七人，绕岩而至。杨君望拜，隔水与语，皆嗟叹，亦有泣者。良久曰："且去。妨汝行役。"杨君乃拜。回数十步却望，犹有挥袖者。明日复来，深水高峰。并不见矣。（出《逸史》）

卖药翁

　　卖药翁，莫知其姓名。人或诘之，称只此是真姓名。有童稚见之，逮之暮齿，复见，其颜状不改。常提一大葫芦卖药，人告疾求药，得钱不得钱，皆与之无阻，药皆称有效。或无疾戏而求药者，得药，寻必失之。由是人不敢妄求，敬如神明。常醉于城市间，得钱亦与贫人。或戏问之："有大还丹卖否？"曰："有，一粒一千贯钱。"人皆笑之以为狂。多于城市笑骂人曰："有钱不买药吃，尽作土馒头去！"人莫晓其意，益笑之。后于长安卖药，方买药者多，抖擞葫芦已空，内只有一丸出，极大光明，安于掌中，谓人曰："百余年人间卖药，过却亿兆之人，无一人肯把钱买药吃，深可哀哉！今之自吃却。"药才入口，足下五色云生，风起飘飘，飞腾而去。（出《续仙传》）

卷第四十

神仙四十

巴邛人

有巴邛人，不知姓。家有桔园，因霜后，诸桔尽收。余有二大桔，如三四斗盎。巴人异之，即令攀摘，轻重亦如常桔，剖开，每桔有二老叟，须眉皤然，肌体红润，皆相对象戏，身仅尺余，谈笑自若，剖开后，亦不惊怖，但与决赌。赌讫，叟曰："君输我海龙神第七女发十两，智琼额黄十二枚，紫绢帔一副，绛台山霞实散二庾，瀛洲玉尘九斛，阿母疗髓凝酒四钟，阿母女态盈娘子跻虚龙缟袜八两，后日於王先生青城草堂还我耳。"又有一叟曰："王先生许来，竟持不得。信中之乐，不减商山；但不得深根固蒂，为摘下耳。"又一叟曰："仆饥矣，须龙根脯食之。"即于袖中抽出一草根，方圆径寸，形状宛转如龙，毫厘罔不周悉，因削食之，随削随满。食讫，以水噀之，化为一龙，四叟共乘之，足

下泄泄云起，须臾风雨晦冥，不知所在。巴人相传云："百五十年已来如此，似在隋唐之间，但不知指的年号耳。"（出《玄怪录》）

章仇兼琼

　　章仇兼琼尚书镇西川，常令左右搜访道术士。有一鬻酒者，酒胜其党，又不急於利，赊贷甚众。每有纱帽藜杖四人来饮酒，皆至数斗，积债十余石，即并还之。谈谐笑谑，酣畅而去。其话言爱说孙思邈。又云："此小儿有何所会。"或报章仇公。乃遣亲吏候其半醉，前拜言曰："尚书令传语：'某苦心修学，知仙官在此，欲候起居，不知俯赐许否。'"四人不顾，醮乐如旧。逡巡，问酒家曰："适饮酒几斗？"曰："一石。"皆拍掌笑："太多。"言讫，不离席上，已不见矣。使者具报章仇公，公遂专令探伺。自后月余不至。一日又来，章仇公遂潜驾往诣，从者三四人，公服至前，跃出载拜。公自称姓名，相顾徐起，唯柴烬四枚，在于坐前。不复见矣。时玄宗好道，章仇公遂奏其事，诏召孙公问之。公曰："此太白酒星耳，仙格绝高，每游人间饮酒，处处皆至，尤乐蜀中。"自后更令寻访，绝无踪迹。（出《逸史》）

石　巨

　　石巨者，胡人也，居幽州。性好服食。大历中，遇疾百余日，形体羸瘦，而神气不衰。忽谓其子曰："河桥有卜人，可暂屈致问之。"子还云："初无卜人，但一老姥尔。"巨云："正此可召。"子延之至舍。巨卧堂前纸榻中。姥径造巨所，言甚细密。巨子在外听之，不闻。良久姥去。后数日，旦有白鹤从空中下，穿巨纸榻，入巨所，和鸣食顷，俄升空中，化一白鹤飞去。巨子往视之，不复见巨。子便随鹤而去，至城东大墩上，见大白鹤数十，相随上天，冉冉而灭。长史李怀仙，召其子问其事，具答云然。怀仙不信，谓其子曰："此是妖讹事，必汝父得仙。吾境内苦旱，当为致雨，不雨杀汝。"子归，焚香上陈。怀仙使金参军赍酒脯，至巨宅致祭。其日大雨，远近皆足。怀仙以所求灵验，乃於巨宅立庙，岁时享祀焉。（出《广异记》）

杜 悰

杜公悰，为小儿时，常至昭应观，与群儿戏于野。忽有一道士，独呼悰，以手摩挚曰："郎君勤读书，勿与诸儿戏。"指其观曰："吾居此，颇能相访否？"既去。悰即诣之。但见荒凉，他无所有。独一殿巍然存焉，内有老君像。初道士半面紫黑色，至是详视其像，颇类向所见道士。乃半面为漏雨所淋故也。（出《玉泉子》）

南岳真君

南岳道士秦保言，勤于焚修。曾白真君云："上仙何以须纸钱？有所未谕。"既而夜梦真君曰："纸钱即冥吏所藉，我又何须此。"由是岳中益信重之。（出《北梦琐言》）

卷第四十一

神仙四十一

王　老

有王老者，常于西京卖药，累世见之。李司仓者，家在胜业里，知是术士，心恒敬异，待之有加。故王老往来依止李氏，且十余载。李后求随入山，王亦相招。遂仆御数人，骑马俱去。可行百余里，峰峦高峭，攀藤缘树，直上数里，非人迹所至。王云："与子偕行，犹恐不达神仙之境；非仆御所至，悉宜遣之。"李如其言，与王至峰顶。田畴平坦，药畦石泉，佳景差次。须臾，又至林口，道士数人，来问王老，知邀嘉宾，故复相候。李随至其居，茅屋竹亭，潇洒可望。中有学生数十人，见李各来问其亲戚，或不言。或惆怅者云："先生不在，今宜少留。具厨饭蔬菜，不异人间也。"为李设食。经数日，有五色云霞覆地，有三白鹤随云而下。于是书生各出，如迎候状。有顷云："先生至。"见一老人，须发鹤素，从云际来。王老携李迎拜道左。先生问王老："何以将他人来此！"诸生拜谒讫，各就房。李亦入一室。时颇炎热，李出寻泉，将欲洗浴。行百余步，至一石泉，见白鹤数十，从岩岭下，来至石上，罗到成行。俄而奏乐，音响清亮，非人间所有。李卑伏听其妙音。乐毕飞去。李还说其事。先生问得无犯仙官否？答云："不敢。"先生谓李公曰："君有官禄，未合住此；待仕官毕，方可来耳。"因命王老送李出，曰："山中要牛两头，君可送至藤下。"李买牛送讫，遂无复见路耳。（出《广异记》）

卷第四十二

神仙四十二

贺知章

贺知章，西京宣平坊有宅。对门有小板门，常见一老人乘驴出入其间。积五六年，视老人颜色衣服如故，亦不见家属。询问里巷，皆云是西市卖钱贯王老，更无他业。察其非凡也，常因暇日造之。老人迎接甚恭谨，唯有童子为所使耳。贺则问其业。老人随意回答。因与往来，渐加礼敬，言论渐密，遂云善黄白之术。贺素信重，愿接事之。后与夫人持一明珠，自云在乡日得此珠，保惜多时，特上老人，求说道法。老人即以明珠付童子，令市饼来。童子以珠易得三十余胡饼，遂延贺。贺私念宝珠特以轻用，意甚不快。老人曰："夫道者可以心得，岂在力争；悭惜未止，术无由成。当须深山穷谷，勤求致之，非市朝所授也。"贺意颇悟，谢之而去。数日失老人所在。贺因求致仕，入道还乡。（出《原化记》）

萧颖士

功曹萧颖士。常密游。于陈留逆旅。方食之次,忽见老翁,须鬓皓然,眉目尤异。至门,目萧久之,微有叹息,又似相识。萧疑其意,遂起揖问。老人曰:"观郎君状貌,有似一人,不觉怆然耳。"萧问似何人。老人曰:"郎君一似齐鄱阳王。"王即萧八代祖。遂惊问曰:"王即某八代祖,因何识之?"老人泣曰:"某姓左,昔为都〔鄱〕阳书佐,偏蒙宠遇。遭李明之难,遂尔逃亡,苟免患耳。因入山修道,遂得度世。适惊郎君,乃不知是王孙也。"遂相与泣。萧敬异之,问其年,乃三百二十七年矣。良久乃别。今在灞山,时出人间。后不知所之。(出《原化记》)

李仙人

洛阳高五娘者,美于色,再嫁李仙人。李仙人即天上谪仙也,自与高氏结好,恒居洛阳,以黄白自业。高氏能传其法。开元末,高李之睦,已五六载。后一夕五鼓后,闻空中呼李一声。披衣出门,语毕,还谓高氏曰:"我天仙也。顷以微罪,谴在人间耳。今责尽,天上所由来唤。既不得住,多年缱绻,能不怆然。我去之后,君宜以黄白自给,慎勿传人,不得为人广有点炼,非特损汝,亦恐尚不利前人。"言讫飞去。高氏初依其言。后卖银居多,为坊司所告。时河南少尹李齐知其事,释而不问,密使人召之,前后为烧十。李以转闻朝要。不一年,李及高皆卒。时人以为天罚焉。(出《广异记》)

何讽

唐建中末,书生何讽,尝买得黄纸古书一卷,读之。卷中得发卷,规四寸，如环无端。

讽因绝之，断处两头滴水升余，烧之作发气。讽尝言于道者，道者曰："吁！君固俗骨，遇此不能羽化，命也。据仙经曰：'蠹鱼三食神仙字，则化为此物，名曰脉望。'夜以缯映当天中星，星使立降。可求还丹，取此水和而服之，即时换骨上升。"因取古书阅之，数处蠹漏，寻义读之，皆神仙字。讽方叹伏。（出《原化记》）

黄尊师

黄尊师居茅山，道术精妙。有贩薪者，于岩洞间得古书十数纸，自谓仙书，因诣黄君，恳请师事。黄君纳其书，不语，日遣斫柴五十束，稍迟并数不足，呵骂及棰击之，亦无怨色。一日，可两道士于山石上棋，看之不觉日暮，遂空返。黄生大怒骂叱，杖二十，问其故。乃具言之。曰："深山无人，何处得有棋道士？果是谩语。"遂叩头曰："实，明日便捉来。"及去，又见棋次，乃佯前看，因而擒捉。二道士并局，腾于室中上高树。唯得棋子数枚。道士笑谓曰："传语仙师，从与受却法策。"因以棋子归，悉言其事。黄公大笑，乃遣沐浴，尽传法策。受讫辞去，不知其终。（出《逸史》）

卷第四十五

神仙四十五

衡山隐者

衡山隐者，不知姓名。数因卖药，往来岳寺寄宿。或时四五日无所食，僧徒怪之。复卖药至僧所。寺众见不食，知是异人，敬接甚厚。会乐人将女诣寺，其女有色，众欲取之。父母求五百千，莫不引退。隐者闻女嫁，邀僧往看，喜欲取之，仍将黄金两挺，正二百两，谓女父曰："此金直七百贯，今亦不论。"付金毕将去，乐师时充官，便仓卒使别。隐者示其所居，云："去此四十余里，但至山当知也。"女父母事毕忆女，乃往访之。正见朱门崇丽，扣门，隐者与女俱出迎接。初至一食，便不复饥。留连五六日，亦不思食。父母将还，隐者以五色箱，盛黄金五挺赠送，谓父母曰："此间深邃，不复人居，此后无烦更求也。"其后父母重往，但见山草，无复人居，方知神仙之窟。（出《广异记》）

梅真君

　　汝阴人崔景唐，家甚富。尝有道士，自言姓梅，来访崔。崔客之数月。景唐市得玉鞍，将之寿春，以献节度使高审思，谓梅曰："先生但居此，吾将诣寿春，旬月而还，使儿侄辈奉事，无所忧也。"梅曰："吾乃寿春人也，将此访一亲知，比将还矣，君其先往也。久居于此，思有以奉报。君家有水银乎？"曰："有。"即以十两奉之。梅乃置鼎中，以水银炼之，少久即成白银矣。因此与景唐曰："以此为路粮，君至寿春，可于城东访吾家也。"即与景唐分路而去。景唐至寿春，即诣城东，访梅氏。数日不得。村人皆曰："此中无梅家，亦无为道士者；唯淮南岳庙中，有梅真君像。得非此耶？"如其言访之，果梅真君矣。自后竟不复遇。（出《稽神录》）

卷第四十七

神仙四十七

宋玄白

宋玄白，不知何许人也，为道士。身长七尺余，眉目如画，端美肥白，且秀丽，人见皆爱之。有道术，多游名山，自茅山出润州希玄观，复游括苍仙都。辟谷服气，然嗜酒，或食彘肉五斤。以蒜韭一盆，手撮肉吃毕，即饮酒二斗，用一白梅。人有求得其一片蒜食之者，言不作蒜气，味有加异，有终日在齿舌间香不歇。人间得蒜食者颇多，而毕身无病，寿皆八九十。又游越州，适大旱，方暴尪禜龙以祈雨，涉旬，亢阳愈甚。玄白见之，以为凡所降雨，须俟天命，非上奏无以致之。遂于所止玄真观，焚香上祝。经夕大澍，雨告足，越人极神异之。复南游到抚州，又逢天旱祈祷，有道士知玄白能致雨，州人请之。遽作术飞钉城隍神双目。刺史韦德邻怪其贮妇女复钉城神，此类狂也，将加责辱。健步辈欲向之，手脚皆不能动，悉自仆倒，枷杖亦自摧折。

玄白笑谓德邻曰:"使君干忤刘根,欲见诛罚祖祢耶?"德邻方惧祈谢。须臾致雨,礼而遣之。其灵术屡施,不可备录。后之南城县,白日上升而去。(出《续神仙传》)

卷第四十八

神仙四十八

李 元

李元谏议,尝隐于嵩山茅舍。冬寒,当户炽火。有老人戴大帽子,直入炙脚,良久问李公曰:"颇能同去否?知君有志。"因自言:"某秦时阉人,避祸得道。"乃去帽,须髯伟甚,曰:"此皆山中所长也。"李公思之良久,乃答曰:"家事未了,更数日得否?"老人揭然而起曰:"公意如此!"遂出门径去。李公牵衣愧谢,不可暂止,明日寻访,悉无其迹。(出《逸史》)

卷第四十九

神仙四十九

李 贺

陇西李贺字长吉，唐郑王之孙。稚而能文，尤善乐府词句，意新语丽。当时工于词者，莫敢与贺齿，由是名闻天下。以父名晋肃。子故不得举进士。卒于太常官，年二十四。其先夫人郑氏，念其子深，及贺卒，夫人哀不自解。一夕梦贺来，如平生时，白夫人曰："某幸得为夫人子，而夫人念某且深，故从小奉亲命，能诗书，为文章，所以然者，非止求一位而自饰也；且欲大门族，上报夫人恩。岂期一日死，不得奉晨夕之养，得非天哉！然某虽死，非死也，乃上帝命。"夫人讯其事。贺曰："上帝神仙之居也，近者迁都于月圃，构新宫，命曰'白瑶'，以某荣于词，故召某与文士数辈，共为新宫记。帝又作凝虚殿，使某辈纂乐章。今为神仙中人，甚乐，愿夫人无以为念。"既而告去。夫人寤，甚异其梦。自是哀少解。（出《宣室志》）

张及甫

唐元和中,青州属县,有张及甫、陈幼霞同居为学。一夜俱梦至一处,见道士数人,令及甫等书碑,题云:"苍龙溪主欧阳某撰太皇真诀。"字作篆文,稍异于常。及甫等记得四句云云:"昔乘鱼车,今履瑞云。躅空仰途,绮错轮囷。"后题云:"五云书阁吏陈幼霞、张及甫。"至晓,二人共言,悉同。(出《逸史》)

卷第五十三

神仙五十三

维杨十友

维杨十友者，皆家产粗丰，守分知足，不干禄位，不贪货财，慕玄知道者也。相约为友，若兄弟焉。时海内大安，民人胥悦，遽以酒食为娱，自乐其志。始于一家，周于十室，率以为常。忽有一老叟，衣服滓弊，气貌羸弱，似贫窭不足之士也。亦着麻衣，预十人末，以造其会。众既适情，亦皆悯之，不加斥逐。醉饱自去，莫知所之。一旦言于众曰："余力困之士也，幸众人许陪坐末，不以为责。今十人置宴，皆得预之。席既周毕，亦愿力为一会，以答厚恩。约以他日，愿得同往。"至期，十友如其言，相率以待。凌晨，贫叟果至，相引徐步，诣东塘郊外。不觉为远。草莽中茅屋两三间，倾侧欲摧，引入其下。有丐者数辈在焉，皆是蓬发鹑衣，形状秽陋。叟至，丐者相顾而起，墙立以俟其命。叟令扫除舍下，陈列藜藿，布以营席，相邀环坐。日既旰矣，咸有饥色。久之，各以醯盐竹箸，置于客前，逡巡，数辈共举一巨板如案，长四五尺，设于席中，以油帕幕之。十友相顾，谓必济饥，甚以为喜。既撒油帕。气燀燀然尚未可辨，久而视之，乃是蒸一童儿。可十数岁，已糜烂矣，耳目手足，半已堕落。叟揖让劝勉，使众就食，众深嫌之，多托以饫饱，亦有忿恚逃去，都无肯食者。叟纵餐啖，似有盈味。食之不尽，郎命诸丐擎去，令尽食之。因谓诸人曰："此所食者，千岁人参也，颇甚难求，不可一遇。吾得此物，感诸公延遇之恩，聊欲相报。且食之者，白日升天，身为上仙。众既不食，其命也夫。"众惊异，悔谢未及。叟促问诸丐，令食讫即来。俄而丐者化为青童玉女，幡盖导从，与叟一时升天。十友刳心追求，更莫能见。（出《神仙感遇传》）

杨真伯

弘农杨真伯，幼有文，性耽玩书史，以至忘寝食。父母不能禁止，时或夺其脂烛，匿其诗书，真伯颇以为患，遂逃过洪饶间，于精舍空院，肄习半年余。中秋夜，习读次，可二更已来，忽有人扣学窗牖间，真伯淫于典籍不知也。俄然有人启扉而入，乃一双鬟青衣，言曰："女郎久栖幽隐，服气茹芝，多往来洞庭云水间。知君子近至此，又骨气清净，志操坚白，愿尽款曲。"真伯殊不应，青衣自反。三更后，闻户外珩璜环珮之声，异香芳馥，俄而青衣报女郎且至，年可二八，冠碧云凤翼冠，衣紫云霞日月衣，精光射人。逡巡就坐，真伯殊不顾问一言。久之，于真伯案取砚，青衣荐笺，女郎书札数行，腆然而去。真伯因起，乃视其所留诗曰："君子竟执逆，无由达诚素。明月海上山，秋风独归去？"其后亦不知女郎是何人也。岂非洞庭诸仙乎，观其诗思，岂人间之言欤？（出《博异志》）

卷第六十

女仙五

明星玉女

　　明星玉女者，居华山。服玉浆，白日升天。山顶石龟，其广数亩，高三仞。其侧有梯磴，远皆见。玉女祠前有五石臼，号曰玉女洗头盆。其中水色，碧绿澄澈，雨不加溢，旱不减耗。祠内有玉石马一匹焉。（出《集仙录》）

昌　容

　　昌容者，商王女也，修道于常山，食蓬蔂根二百余年，颜如二十许。能致紫草，鬻与染工，得钱以与贫病者，往来城市，世世见之。远近之人，奉事者千余家，竟不知其所修之道。常行日中，不见其影。或云："昌容能炼形者也。"忽冲天而去。（出《女仙传》）

园客妻

园客妻，神女也。园客者，济阴人也，美姿貌而良，邑人多欲以女妻之，客终不娶。常种五色香草，积数十年，服食其实。忽有五色蛾集香草上。客收而存之以布。生华蚕焉。至蚕出时，有一女自来助客养蚕，亦以香草饲之。蚕壮，得茧百三十枚。茧大如瓮，每一茧，缫六七日乃尽。缫讫，此女与园客俱去，济阴今有华蚕祠焉。（出《女仙传》）

江 妃

郑交甫常游汉江，见二女，皆丽服华装，佩两明珠，大如鸡卵。交甫见而悦之，不知其神人也。谓其仆曰："我欲下请其佩。"仆曰："此间之人，皆习于辞，不得恐罹悔焉。"交甫不听，遂下与之言曰："二女劳矣。"二女答曰："客子有劳，妾何劳之有？"交甫曰："桔是橙也，我盛之以笥，令附汉水，将流而下，我遵其旁搴之，知吾为不逊也，愿请子佩。"二女曰："桔是橙也，盛之以莒，令附汉水，将流而下，我遵其旁，卷其芝而茹之。"手解佩以与交甫，交甫受而怀之。即趋而去，行数十步，视怀空无珠，二女忽不见。

《诗》云："汉有游女，不可求思。"言其以礼自防，人莫敢犯，况神仙之变化乎？（出《列仙传》）

毛 女

毛女，字玉姜，在华阴山中。山客猎师，世世见之。形体生毛，自言秦始皇宫人也。秦亡，流亡入山，道士教食松叶，遂不饥寒，身

轻如此。至西汉时，已百七十余年矣。（出《列仙传》）

董永妻

　　董永父亡，无以葬，乃自卖为奴。主知其贤，与钱千万遣之。永行三年丧毕，欲还诣主，供其奴职。道逢一妇人曰："愿为子妻。"遂与之俱。主谓永曰："以钱丐君矣。"永曰："蒙君之恩，父丧收藏，永虽小人。必欲服勤致力，以报厚德。"主曰："妇人何能？"永曰："能织。"主曰："必尔者，但令君妇为我织缣百匹。"于是永妻为主人家织，十日而百匹具焉。（出《搜神记》）

卷第六十二

女仙七

蔡女仙

蔡女仙者，襄阳人也。幼而巧慧，善刺绣，邻里称之。忽有老父诣其门，请绣凤。眼，毕功之日，自当指点。既而绣成，五彩光焕。老父观之，指视安眼。俄而功毕，双凤腾跃飞舞。老父与仙女各乘一凤，升天而去。时降于襄阳南山林木之上，时人名为凤林山。后于其地置凤林关，南山侧有凤台。敕于其宅置静贞观，有女仙真像存焉。云晋时人也。（出《仙传拾遗》）

紫云观女道士

唐开元二十四年春二月，驾在东京，以李适之为河南尹。其日大风，有女冠乘风而至玉贞观，集于钟楼，人观者如堵。以闻于尹。尹率略人也,怒其聚众,袒而笞之。至十,而乘风者即不哀祈,亦无伤损,颜色不变。于是适之大骇,方礼请奏闻。教召入内殿,访其故,乃蒲州紫云观女道士也,辟谷久,轻身,因风遂飞至此。玄宗大加敬畏,锡金帛,送还蒲州。数年后,又因大风,遂飞去不返。(出《纪闻》)

卷第六十六

女仙十一

卢眉娘

唐永真年，南海贡奇女卢眉娘，年十四岁。眉娘生，眉如线且长，故有是名。本北祖帝师之裔，自大定中流落岭表。后汉卢景裕、景祚、景宣、景融，兄弟四人，皆为皇王之师，因号帝师。眉娘幼而慧悟，工巧无比，能于一尺绢上，绣《法华经》七卷，字之大小，不逾粟粒，而点画分明，细如毛发，其品题章句，无不具矣。更善作飞仙盖，以丝一钩，分为三段，染成五色，结为金盖五重。其中有十洲三岛、天人玉女、台殿麟凤之像，而持幢捧节童子，亦不啻千数。其盖阔一丈，秤无三两，煎灵香膏传之，则坚硬不断。唐顺宗皇帝嘉其工，谓之神姑，因令止于宫中。每日止饮酒二三合。至元和中，宪宗嘉其聪慧而又奇巧，遂赐金凤环，以束其腕。眉娘不愿在禁中，遂度为道士，放归南海，仍赐号曰逍遥。及后神迁，香气满堂，弟子将葬，举棺觉轻，即撤其盖，帷见之旧履而已。后人见往往乘紫云游于海上。罗浮处士李象先作《罗逍遥传》，而象先之名无闻，故不为时人传焉。（出《杜阳杂编》）

卷第六十九

女仙十四

慈恩塔院女仙

　　唐太和二年，长安城南韦曲慈恩寺塔院，月夕，忽见一美妇人，从三四青衣来，绕佛塔言笑，甚有风味。回顾侍婢曰："白院主，借笔砚来。"乃于北廊柱上题诗曰："黄子陂头好月明，忘却华筵到晓行。烟收山低翠黛横，折得荷花赠远生。"题讫，院主执烛将视之，悉变为白鹤，冲天而去。书迹至今尚存。（出《河东记》）

卷第七十

女仙十五

许飞琼

　　唐开成初,进士许瀍游河中,忽得大病,不知人事,亲友数人。环坐守之,至三日,蹶然而起,取笔大书于壁曰:"晓入瑶台露气清,坐中唯有许飞琼。尘心未尽俗缘在,十里下山空月明。"书毕复寐。及明日,又惊起,取笔改其第二句曰"天风飞下步虚声"。书讫,兀然如醉,不复寐矣。良久,渐言曰:"昨梦到瑶台,有仙女三百余人,皆处大屋。内一人云是许飞琼,遣赋诗。及成,又令改曰:'不欲世间人知有我也。'既毕,甚被赏叹,令诸仙皆和,曰:'君终至此,且归。'若有人导引者,遂得回耳。"(出《逸史》)

茶　姥

　　广陵茶姥,不知姓氏乡里。常如七十岁人,而轻健有力,耳聪目明,发鬓滋黑。耆旧相传云：晋之南渡后，见之数百年，颜状不改。每旦，将一器茶卖于市，市人争买。自旦至暮，而器中茶常如新熟，未尝减少。吏系之于狱，姥持所卖茶器，自牖中飞去。（出《墉城集仙录》）

张建章

张建章为幽州行军司马。先好经史，聚书至万卷。所居有书楼，但以披阅清净为事。曾赍府帅命往渤海，遇风波泊舟，忽有青衣泛一叶舟而至，谓建章曰："奉大仙命请大夫。"建章应之。至一大岛，见楼台峇然，中有女仙处之，侍翼甚盛，器食皆建章故乡之常味也。食毕告退，女仙谓建章曰："子不欺暗室，所谓君子也。勿患风涛之苦，吾令此青衣往来导之。"及还，风波寂然，往来皆无所惧。及回至西岸，经太宗征辽碑，半没水中。建章以帛裹面摸而读之，不失一字。其笃学如此，蓟门之人，皆能说之。（出《北梦琐言》）

周　宝

周宝为浙西节度使，治城隍，至鹤林门得古冢，棺椟将腐。发之，有一女子面如生，铅粉衣服皆不败。掌役者以告，宝亲视之，或曰："此当时是尝饵灵药，待时而发，发则解化之期矣。"宝即命改葬之，具车舆声乐以送。宝与僚属登城望之。行数里，有紫云覆軿车之上。众咸见一女子，出自车中，坐于紫云，冉冉而上，久之乃没。开棺则空矣。（出《稽神录》）

卷第七十三

道术三

叶虚中

唐贞元初,丹阳令王琼,三年调集,皆黜落,甚惋愤。乃斋宿于茅山道士叶虚中,求奏章以问吉凶。虚中年九十余,强为奏之。其章随香烟飞上,缥缈不见。食顷复堕地,有朱书批其末云:"受金百两,折禄三年;枉杀二人,死后处分。"后一年,琼果得暴疾终。(出《独异志》)

卷第七十六

方士一

樊 英

汉樊英，善图纬，洞达幽微。永太中，见帝。因向西南噀之，诏问其故，对曰："成都今日火。"后蜀郡言火灾，正符其日。又云，时有雨从东北来，故火不大为害。英尝忽被发拔刀，斫击舍中，妻怪问其故，英曰："郄生遇贼。"郄生者名巡，是英弟子，时远行。后还说，于道中逢贼，赖一被发老人相救，故得全免。永建时，殿上钟自鸣，帝甚忧之，公卿莫能解，乃问英，英曰："蜀岷山崩，母崩子故鸣。非圣朝灾也。"寻奏蜀山崩。（出《英别传》）

杨 由

后汉杨由，善占候，郡文学掾。曾从人饮。敕御者曰："酒若三行，便宜严驾。"既而趋去。后主人舍,忽有斗相杀者。或问何以先知之,由曰:"向者社木上鸠斗。此斗兵之象也。"其言多类此。(出《后汉书》)

庾诜

齐新野庾诜,少孤,以读书自业,玄象算数,皆所妙绝。武献公萧颖胄疾笃,谓诜曰:"推其历数,当无辜否?"答曰:"镇星在襄阳,荆州自少福,明府归终于乱代。齐名伊霍,足贵子孙。有何恨哉。"公曰:"君得之矣。但昏主狂虐,人思尧舜。恨不见清廓天下,息马华山也。"歔欷而终。果如其言。颖胄,赤斧之子。(出《谈薮》)

袁天纲

唐则天之在襁褓也,益州人袁天纲能相。士彟令相妻杨氏,天纲曰:"夫人当生贵子。"乃尽召其子相之。谓元庆、元爽曰:"可至刺史,终亦屯否。"见韩国夫人曰:"此女大贵,不利其夫。"则天时在怀抱,衣男子衣服,乳母抱至。天纲举目一视,大惊曰:"龙睛凤颈,贵之极也。若是女,当为天下主。"(出《感定录》)

卷七十七

方士二

张景藏

中书令河东公裴光庭,开元中居相位。张景藏能言休咎。一日,忽诣公,以一幅纸大书台字授公,公曰:"余见居台司,此何意也?"数日,贬台州刺史。(出《尚书故实》)

钱知微

唐天宝末。术士钱知微尝至洛,居天津桥卖卜,云,一卦帛十匹。历旬,人皆不诣之。一日,有贵公子意其必异,命取帛如数卜焉,钱命蓍而卦成。曰:"予筮可期一生,君何戏焉?"其人曰:"卜事甚切,先生岂误乎?"钱请为韵语曰:"两头点土,中心虚悬,人足踏跋,不肯下钱。"这人本意卖天津桥绐之。其精如此。(出《酉阳杂俎》)

卷第七十九

方士四

轩辕集

唐宣宗晚岁，酷好长年术。广州监军吴德鄘离京日，病足颇甚。及罢，已三载矣，而疾已平。宣宗诘之，且言罗浮山人轩辕集医之。遂驿诏赴京，既至，馆山亭院。后放归，拜朝散大夫广州司马，坚不受。临别，宣宗问理天下当得几年，集曰。五十年。宣宗大悦，及至晏驾，春秋五十。（出《感定录》）

卷第八十

方士五

周隐克

唐道士周隐克，有术数，将相大僚咸敬如神明，宰相李宗闵修弟子礼，手状皆云然。前宰相段文昌镇淮南，染疾，曰："尊师去年云我有疾，须卧六日。"段公与宾客博戏饮茶，周生连吃数碗，段起旋溺不已。良久，惊语尊师曰："乞且放，虚惫交下不自持。"笑曰："与相公为戏也，盖饮茶慵起，遣段公代之。"（出《逸史》）

张士政

唐王潜在荆州，百姓张士政善治伤折。有军人损胫，求张治之。张饮以一药酒，破肉，取碎骨一片，大如两指，涂膏封之，数日如旧。经二年余，胫忽痛，复问于张。张曰："前君所出骨寒则痛，可遽觅也。"

果获于床下,令以汤洗,贮于絮中,其痛即愈。王子弟与之狎,尝祈其戏术。张取草一掬,再三揉之,悉成灯蛾飞去。又画一妇女于壁,酌满杯饮之,酒无遗滴。逡巡,画妇人面赤半日许。其术终不传人。(出《逸史》)

孙　雄

嘉州夹江县人孙雄,号孙卯斋,其言事亦何奎之流。伪蜀主归命时,内官宋愈昭将军数员。旧与孙相善,亦神其术。将赴洛都,咸问将来升沈。孙俯首曰:"诸官记之,此去无灾无福,但行及野狐泉已来税驾处,曰孙雄非圣人耶,此际新旧使头皆不见矣。"诸官咸疑之。尔后量其行迈,合在咸京左右,后主罹伪诏之祸,庄宗遇邺都之变,所谓新旧使头皆不得见之验也。(出《北梦琐言》)

卷第八十一

异人一

韩 稚

汉惠帝时，天下太平，于戈偃息，远国殊乡，重译来贡。时有道士韩稚者，终之裔也，越海而来，云是东海神君之使，闻圣德洽于区宇，故悦服而来庭。时东极扶桑之外，有泥离国，亦来朝于汉。其人长四尺，两角如雏，牙出于唇，自腰已下有垂毛自蔽，居于深穴，其寿不可测也，帝云："方士韩稚解绝国言，问人寿几何，经见几代之事。"答云："五运相因，递生递死，如飞尘细雨，存殁不可论算。"问女娲已前可问乎，对曰："蛇身已上，八风均，四时序。不以威悦，搅乎精运。"又问燧人以前，答曰："自钻火变腥以来，父老而慈，子寿而孝。牺轩以往，屑屑焉以相诛灭，浮靡嚣薄，淫于礼，乱于乐，世欲浇伪，淳风坠矣。"稚具以闻，帝曰："悠哉杳昧，非通神达理者难可语乎斯道矣。"稚亦以斯而退，莫之所知。（出《王子年拾遗记》）

卷第八十二

异人二

王梵志

　　王梵志，卫州黎阳人也。黎阳城东十五里，有王德祖，当隋文帝时，家有林檎树，生瘿大如斗，经三年朽烂，德祖见之，乃剖其皮，遂见一孩儿抱胎，而德祖收养之。至七岁，能语，曰："谁人育我，复何姓名？"德祖具以实语之，因名曰林木梵天（明抄本因名曰林木梵天句作因曰双木曰梵名曰梵天），后改曰梵志。曰王家育我，可姓王也。梵志乃作诗示人，甚有羲旨。（出史遗，明抄本作出《逸史》）

王守一

　　唐贞观初，洛城有一布衣，自称终南山人，姓王名守一，常负一大壶卖药。人有求买之不得者，病必死，或急趁无疾人授与之者，其人旬日后必染沉痛也。柳信者，世居洛阳，家累千金，唯有一子。既冠后，忽于眉头上生一肉块。历使疗之，不能除去，及闻此布衣，遂躬自祷请，既至其家，乃出其子以示之。布衣先焚香，命酒脯，犹若祭祝，后方于壶中探一丸药，嚼傅肉块，复请具樽俎。须臾间，肉块破，有小蛇一条突出在地，约长五寸，五色烂然，渐渐长及一丈已来。其布衣乃尽饮其酒，叱蛇一声，其蛇腾起，云雾昏暗。布衣忻然乘蛇而去，不知所在。（出《大唐奇事》）

卷第八十四

异人四

义宁坊狂人

元和初，上都义宁坊有妇人风狂，俗呼为五娘。常止宿于永穆墙下。时中使茹大夫使于金陵。金陵有狂者，众名之信夫。或歌或哭，往往验未来事。盛暑拥絮，未尝沾汗；沍寒袒露，体无皲圻。中使将返，信夫忽扣马曰："我有妹五娘在城，今有少信，必为我达也。"中使素知其异，欣然许之。乃探怀中一袱，纳中使靴中。仍曰："谓语五娘，无事速归也。"中使至长乐坡，五娘已至。拦马笑曰："我兄有信，大夫可见还。"中史遽取信授之。五娘因发袱，有衣三事，乃衣之而舞，大笑而归，复至墙下。一夕而死，其坊率钱葬之。经年，有人自江南来，言信夫与五娘同日死矣。（出《酉阳杂俎》）

唐 庆

　　寿州唐庆中丞栖泊京都,偶雇得月作人,颇极专谨,常不言钱。冬首暴处雪中。亲从外至,见卧雪中,呼起,雪厚数寸,都无寒色,与唐君话。深异之。唐后为榷盐使,过河中,乃别归。唐曰:"汝极勤劳,吾方请厚俸,得以报尔。"又恳请,唐固留不许。行至蒲津,酒醉,与人相殴,节帅令严,决脊二十。唐君救免不得,无绪便发,厚恤酒肉。才出城乃至,唐曰:"汝争得来?"曰:"来别中丞。"唐令袒背视之。并无伤处,惊甚。因语雪卧之事。遂下马与语曰:"某所不欲经河中过者,为有此报。今已偿了,别中丞去。"与钱绢皆不受,置于地,再拜而逝。(出《逸史》)

卷第八十五

异人五

徐明府

　　金乡徐明府者，隐而有道术，人莫能测。河南刘崇远，崇龟从弟也，有妹为尼，居楚州。常有一客尼寓宿，忽病劳，瘦甚且死。其姊省之，众共见病者身中有气如飞虫，入其姊衣中，遂不见。病者死，姊亦病。俄而刘氏举院皆病，病者辄死。刘氏既函崇远求于明府。徐曰："尔有别业在金陵，可致金陵绢一匹，吾为尔疗之。"如言送绢讫。翌曰，刘氏梦一道士执简而至，以简遍抚其身，身中白气腾上如炊。既寤，遂轻爽能食，异于常日。顷之，徐封绢而至，曰："置绢席下，寝其上即差矣。"如其言遂愈。已而视其绢，乃画一持简道士，如所梦者。（出《稽神录》）

茅山道士

　　茅山道士陈某，壬子岁游海陵，宿于逆旅。雨雪方甚，有同宿者，身衣单葛，欲与同寝。而嫌其垢弊，乃曰："寒雪如此，何以过夜？"答曰："君但卧，无以见忧。"既皆就寝，陈窃视之。见怀中出三角碎瓦数片，炼条贯之，烧于灯上。俄而火炽，一室皆暖，陈去衣被乃得寝。未明而行，竟不复也。（出《稽神录》）

卷第八十六

异人六

掩耳道士

利州南门外,乃商贾交易之所。一旦有道士,羽衣褴褛。来于稠人中,卖葫芦子种。云:"一二年间,甚有用处。每一苗只生一颗,盘地而成。"兼以白土画样于地以示人,其模甚大。逾时竟无买者,皆云:"狂人不足可听。"道士又以两手掩耳急走,言:"风水之声何太甚耶?"巷陌孩童,竞相随而笑侮之,时呼为掩耳道士。至来年秋,嘉陵江水,一夕泛涨,漂数百家。水方渺瀰,众人遥见道士在水上,坐一大瓢,出手掩耳,大叫:"水声风声何太甚耶?"泛泛而去,莫知所之。(出《野人闲话》)

卷第八十九

异僧三

法　朗

晋沙门康法朗学于中山。永嘉中，与一比丘西入天竺。行过流沙千有余里，见道边败坏佛图，无复堂殿，蓬蒿没人。法朗等下拜瞻礼，见有二僧，各居其旁。一人读经，一人患痢，秽污盈房。其读经者，了不营视。朗等恻然兴念，留为煮粥，扫除浣濯。至六日，病者稍困，注痢如泉。朗等共料理之。其夜，朗等并谓病者必不起，至明晨往视之，容色光悦，病状顿除。然屋中秽物，皆是华馨。朗等乃悟是得道之士以试人也。病者曰："隔房比丘，是我和尚，久得道惠，可往礼觐。"法朗等先嫌读经沙门无慈爱心，闻已，乃作礼悔过。读经者曰："诸君诚契并至，同当入道。朗公宿学业浅，此世未得愿也。"谓朗伴云："惠若植根深，当现世得愿。"因而留之。法朗后还山中，为大法师，道俗宗之。（出《冥祥记》）

卷第九十一

异僧五

法　喜

　　隋炀帝时，南海郡送一僧，名法喜。帝令宫内安置。于时内造一堂新成，师忽升堂观看，因惊走下阶，回顾云："几压杀我。"其日中夜，天大雨，堂崩，压杀数十人。其后又于宫内环走，索羊头。帝闻而恶之，以为狂言，命锁著一室。数日，三卫于市见师，还奏云："法喜在市内慢行。"敕责所司，检验所禁之处，门锁如旧。守者亦云："师在室内。"于是开户入室，见袈裟覆一丛白骨，锁在项骨之上。以状奏闻。敕遣长史王恒验之，皆然。帝由是始信非常人也，敕令勿惊动。至日暮，师还室内，或语或笑。守门者奏闻，敕所司脱锁，放师出外，随意所适。有时一日之中，凡数十处斋供，师皆赴会，在在见之，其间亦饮酒噉肉。俄而见身有疾，常卧床，去荐席，令人于床下铺炭火，甚热。数日而命终，火炙半身，皆焦烂，葬于香山寺。至大业四年，南海郡奏云："法喜见还在郡。"敕开棺视之，则无所有。（出《拾遗记》，明抄本作出《大业拾遗记》）

徐敬业

唐则天朝,徐敬业扬州作乱,则天讨之,军败而遁。敬业竟养一人,貌类于己,而宠遇之。及敬业败,擒得所养者,斩其元以为敬业。而敬业实隐大孤山,与同伴数十人结庐不通人事。乃削发为僧,其侣亦多削发。天宝初,有老僧法名住括,年九十余,与弟子至南岳衡山寺访诸僧而居之,月余。忽集诸僧徒,忏悔杀人罪咎。僧徒异之。老僧曰:"汝颇闻有徐敬业乎?则吾身也。吾兵败,入于大孤山,精勤修道。今命将终,故来此寺,令世人知吾已证第四果矣。"因自言死期。果如期而卒。遂葬于衡山。(出《纪闻》)

骆宾王

唐考工员外郎宋之问以事累贬黜,后放还,至江南。游灵隐寺,夜月极明,长廊行吟,且为诗曰:"鹫岭郁苕峣,龙宫锁寂寥。"第一联搜奇覃思,终不如意。有老僧点长命灯,坐大禅床,问曰:"少年夜久不寐,而吟讽甚苦,何耶?"之问答曰:"弟子业诗,适遇欲题此寺,而兴思不属。"僧曰:"试吟上联。"即吟与之,再三吟讽,因曰:"何不云'楼观沧海日,门对浙江潮'?"之问愕然,讶其道丽。又续终篇曰:"桂子月中落,天香云外飘。扪萝登塔远,刳木取泉遥。霜薄花更发,冰轻叶未凋。待入天台路,看余度石桥。"僧所赠句,乃为一篇之警策。迟明更访之,则不复见矣。寺僧有知者曰:"此骆宾王也。"之向诘之,答曰:"当徐敬业之败,与宾王俱逃,捕之不获。将帅虑失大魁,得不测罪,时死者数万人,因求类二人者函首以献。后虽知不死,不敢捕送,故敬业得为衡山僧,年九十余乃卒。宾王亦落发,遍游名山,至灵隐,以周岁卒。当时虽败,且以兴复唐朝为名,故人多获脱之。(出《本事诗》)

卷第九十二

异僧六

玄奘

　　沙门玄奘俗姓陈，偃师县人也。幼聪慧，有操行。唐武德初，往西域取经，行至罽宾国，道险，虎豹不可过。奘不知为计，乃锁房门而坐。至夕开门，见一老僧，头面疮痍，身体脓血，床上独坐，莫知来由。奘乃礼拜勤求。僧口授多心经一卷，令奘诵之。遂得山川平易，道路开辟，虎豹藏形，魔鬼潜迹。遂至佛国，取经六百余部而归。其多心经至今诵之。初奘将往西域，于灵岩寺见有松一树，奘立于庭。以手摩其枝曰："吾西去求佛教，汝可西长；若吾归，即却东回。使吾弟子知之。"及去，其枝年年西指，约长数丈。一年忽东回，门人弟子曰："教主归矣！"乃而迎之。奘果还。至今众谓此松为摩顶松。（出《独异志》及《唐新语》）

卷第九十四

异僧八

玄　览

唐大历末，禅师玄览住荆州陟屺寺。道高有风韵，人不可得而亲。张璪常画古松于斋壁，符载赞之。卫象诗之，亦一时三绝也。悉加垩焉。人问其故，曰："无事疥吾壁也。"僧那即其甥，为寺之患，发瓦探鷇，坏墙熏鼠。览未尝责之。有弟子义诠，布衣一食。览亦不称之。或有怪之，乃题诗于竹上曰："欲知吾道廓，不与物情违。大海从鱼跃，长空任鸟飞。"忽一夕，有一梵僧，排户而进曰："和尚速作道场。"览言："有为之事，吾未常作。"僧熟视而出，反手阖户，门扃如旧。览笑谓左右曰："吾将归矣。"遂澽浴讫，隐几而化。（出《酉阳杂俎》）

卷第九十六

异僧十

释道钦

释道钦住陉山。有问道者，率尔而对，皆造宗极。刘忠州晏常乞心偈，令执炉而听，再三称"诸恶莫作，众善奉行。"晏曰："此三尺童子皆知之。"钦曰："三尺童子皆知之，百岁老人行不得。"至今以为名理。又梁元帝杂传云，晋惠末，洛中沙门耆域，盖得道者。长安人与域食于长安寺，流沙人与域食于石人前，数万里同日而见。沙门竺法行尝稽首乞言，域升高座曰："守口摄意，心莫犯戒。"竺语曰："得道者当授所未听，今有八岁沙弥，亦以诵之。"域笑曰："八岁而至百岁诵不能行。"嗟乎！人皆敬得道者，不知行即自得。（出《酉阳杂俎》）

辛七师

辛七师,陕人,辛其姓也。始为儿时,甚谨肃,未尝以狎弄为事,其父母异而怜之。十岁好浮图氏法,日阅佛书,自能辨梵音,不由师教。其后父为陕郡守。先是郡南有瓦窑七所。及父卒,辛七哀毁甚。一日,发狂遁去。其家僮迹其所往,至郡南,见辛七在一瓦窑中端坐,身有奇光,粲然若炼金色。家僮惊异,次至一窑,又见一辛七在焉,历七窑,俱有一辛七在中。由是呼为辛七师。(出《宣室志》)

卷第九十七

异僧十一

神　鼎

　　唐神鼎师不肯剃头，食酱一瓸。每巡门乞物，得粗布破衣亦著，得细锦罗绮亦著。于利真师座前听，问真师曰："万物定否？"真曰："定。"鼎曰："阇梨言若定，何因高岸为谷，深谷为陵；有死即生，有生即死；万物相纠，六道轮回；何得为定耶？"真曰："万物不定。"鼎曰："若不定，何不唤天为地，唤地为天；唤月为星，唤星为月；何得为不定？"真无以应之。时张文成见之，谓曰："观法师即是菩萨行人也。"鼎曰："菩萨得之不喜，失之不悲；打之不怒，骂之不嗔；此乃菩萨行也。鼎今乞得即喜，不得即悲；打之即怒，骂之即嗔；以此论之，去菩萨远矣。"（出《朝野佥载》）

卷第一百零八

报应七

沙门静生

西晋蜀郡沙门静生,出家以苦行致称,为蜀三贤寺主,诵法华经。每诵经时,常感虎来蹲前听,诵讫乃去。又恒见左右有四人为侍。年虽衰老,而精勤弥励,遂终其业云。(出《法苑珠林》)

卷第一百一十二

报应十一

崔善冲

　　崔善冲，先初任梓州桐山丞，巂州刺史李知古奏充判官。诸蛮叛，杀知古，善冲等二十余人奔走，拟投昆明，夜不知道，冲专念尊经。俄见炬火在前，众便随之，至晓火灭，乃达昆明。（出《报应记》）

卷第一百一十七

报应十六

孙叔敖

楚孙叔敖为儿,出游还,忧而不食。母问其故,泣曰:"见两头蛇,恐死。臻母曰:"今蛇安在?"曰:"敖闻见两头蛇者死,恐后人又见,杀而埋之矣。"母曰:"无忧矣!闻有阴德,天报之福。"(出《贾子》)

卷第一百二十六

报应二十五

崔进思

唐虔州参军崔进思,恃郎中孙尚容之力,充纲入都,送五千贯,每贯取三百文裹头,百姓怨叹,号天哭地。至瓜步江,遭风船没,无有孑遗。家资田园,货卖并尽,解官落职,求活无处。此所谓聚敛之怨。

卷第一百三十二

报应三十一

王将军

骁骑将军王某者，代郡人，隋开皇末年，出镇蒲州，性好畋猎，所杀无数。有五男，无女。后生一女，端美，见者皆爱怜之，父母犹钟爱。既还乡里，女年七岁，一旦忽失所在，皆疑邻里戏藏匿之，访问不见。诸兄骑马远寻，去家三十余里，得于荒野中，冥然已无所识，口中唯作兔鸣，足上得荆棘盈掬。经月余，不食而死，父母悲痛甚，以为畋猎杀害之报也。后合家持斋，不复食肉。（出《冥报记》）

卷第一百三十五

征应一

越 王

越王入吴国,有丹鸟夹王飞,故勾践之霸也。起望鸟台,言丹鸟之瑞也。(出王子年《拾遗记》)

临洮长人

秦始皇时,长人十二见于临洮,皆夷服。于是铸铜为十二枚,以写之。盖汉十二帝之瑞也。(出《小说》)

卷第一百三十六

征应二

蜀当归

僧一行将卒，遗物一封，令弟子进于帝。帝发视之，乃蜀当归也。帝初不喻，及幸蜀回，乃知微旨，深叹异之。（出《开天传信记》）

卷第一百三十七

征应三（人臣休征）

上官昭容

上官昭容者，侍郎仪之孙也。仪子有罪，妇郑氏填宫，遗腹生昭容。其母将诞之夕，梦人与秤曰："持此秤量天下文士。"郑氏冀其男也，及生昭容，母视之曰："秤量天下，岂是妆耶？"口中呕呕，如应曰"是"。（出《嘉话录》）

卷第一百三十八

征应四

牛僧孺

唐河南府伊阙县前大溪,每僚佐有入台者,即水中先有小滩涨出,石砾金沙,澄澈可爱。丞相牛僧孺为县尉,一旦忽报滩出。翌日,邑宰与同僚列筵于亭上观之,因召耆宿备询其事。有老吏云:"此必分司御史,非西台之命。若是西台,滩上当有鸂鶒双立,前后邑人以此为验。"僧孺潜揣,县僚无出于己,因举杯曰:"既有滩,何惜一双鸂鶒。"宴未终,俄有鸂鶒飞下。不旬日,拜西台监察。(出《剧谈录》)

卷第一百四十六

定数一

魏　征

唐魏征为仆射,有二典事之。长参时,征方寝。二人窗下平章,一人曰:"我等官职,总由此老翁。"一人曰:"总由天上。"征闻之,遂作一书,遣由此老翁者,送至侍郎处。云:"与此人一员好官。"其人不知,出门心痛。凭由天人者送书。明日引注,由老人者被放,由天者得留。征怪之,问焉,具以实对,乃叹曰:"官职禄料由天者,盖不虚也。"（出《朝野佥载》）

卷第一百五十五

定数十

卫次公

唐吏部侍郎卫次公，早负耿介清直之誉。宪宗皇帝将欲相之久矣。忽夜召翰林学士王涯草麻，内两句褒美云："鸡树之徒老风烟，凤池之空淹岁月。"诘旦，将宣麻。案出，忽有飘风坠地，左右收之未竟，上意中辍，令中使止其事。仍云，麻已出，即放下，未出即止。由此遂不拜。终于淮南节度。（出《续定命录》）

卷第一百五十六

定数十一

贾 岛

贾岛字浪仙，元和中，元白尚轻浅，岛独变格入僻，以矫艳。虽行坐寝食，吟咏不辍。尝跨驴张盖，横截天街。时秋风正厉，黄叶可扫。岛忽吟曰：落叶满长安。求联句不可得。因搪突大京兆刘栖楚，被系一夕而释之。又尝遇武宗皇帝于定水精舍，岛尤肆侮慢，上讶之。他日有中旨，令与一官谪去，特授长江县尉，稍迁普州司仓而终。（出《摭言》）

卷第一百六十

定数十五

朱 显

射洪簿朱显，顷欲婚郫县令杜集女。甄定后，值前蜀选入宫中。后咸康归命，显作掾彭州，散求婚媾，得王氏之孙，亦宫中旧人。朱因与话，昔欲婚杜氏，尝记得有通婚回书云。但惭南阮之贫，曷称东床之美。王氏孙乃长叹曰："某即杜氏，王氏冒称。自宫中出后，无所托，遂得王氏收集。"朱显悲喜，夫妻情义转重也。（出《玉溪编事》）

卷第一百六十四

名　贤

郭林宗

郭林宗来游京师，当还乡里，送车千许乘，李膺亦在焉。众人皆诣大槐客舍而别，独膺与林宗共载，乘薄笨车，上大槐坂。观者数百人，引领望之，眇若松乔之在霄汉。（出《商芸小说》）

徐孺子

陈仲举雅重徐孺子。为豫章太守，至，便欲先诣之。主簿曰："群情欲令府君先入拜。"陈曰："武王轼商容之闾，席不暇暖，吾之礼贤，有何不可？"（出《商芸小说》）

徐孺子年九岁，尝月下戏。人语之："若令月无物，极当明邪？"徐曰："不尔，譬如人眼中有童子，无此如何不暗。"（出《世说》）

晏　子

　　齐景公时，有一人犯众怒，令支解。曰："有敢救者诛。"晏子遂左手提犯者头，右手执刀，仰问曰："自古圣主明君，支解人从何而始？"公遽曰："舍之，寡人过也。"（出《独异志》）

卷第一百六十五

廉 俭

陆 绩

吴陆绩为郁林郡守,罢秩,泛海而归。不载宝货,舟轻,用巨石重之。人号"郁林石"。(出《传载》)

唐玄宗

肃宗为太子时,常侍膳。尚食置熟俎,有羊臂臑,上顾使太子割。肃宗既割,余污漫在手,以饼洁之,上熟视不怿。肃宗举饼啖之,上甚悦。谓太子曰:"福当如是爱惜。"(出《柳氏史》)

卷第一百六十六

气义一

狄仁杰

狄仁杰,太原人,为府法曹参军。时同僚郑崇资,母老且病,当充使绝域。仁杰谓曰:"太夫人有危亟之病,而公远使,岂可贻亲万里之泣乎?"乃请代崇资。(出《谈宾录》)

卷第一百六十八

气义三

江陵士子

江陵寓居士子，忘其姓名。有美姬，甚贫，求尺题于交广间，游索去万，计支持五年粮食。且戒其姬曰："我若五年不归，任尔改适。"士子去后，五年未归。姬遂为前刺史所纳，在高丽坡底。及明年，其夫归，已失姬之所在。寻访知处。遂为诗，求媒标寄之。诗云："阴云漠漠下阳台，惹着襄王更不回。五度看花空有泪，一心如结不曾开。纤萝自合依芳树，覆水宁思返旧杯。惆怅高丽坡底宅，春光无复下山来。"刺史见诗，遂给一百千及资装，便遣还士子。（出《卢氏杂说》）

卷第一百六十九

知人一

黄叔度

郭泰至汝南,造袁奉高,车不停轨,鸾不辍轭;诣黄叔度,乃弥日信宿。人问其故,林宗曰:"叔度汪汪如千顷之波,澄之不清,挠之不浊,其器深广难测矣。"(出《世说》)

诸葛瑾兄弟

诸葛瑾,弟亮,及从弟诞,并有盛名,各事一国。时以蜀得其龙,吴得其虎,魏得其狗。(出《世说》)

卷第一百七十一

精察一

严　遵

　　严遵为扬州刺史，行部，闻道傍女子哭而声不哀。问之，亡夫遭烧死。遵敕吏舆尸到，令人守之曰："当有物往。"更日，有蝇聚头所。遵令披视，铗锥贯顶。考问，以淫杀夫。（出《益都耆旧传》）

卷第一百七十二

精察二

颜真卿

颜鲁公真卿为监察御史,充河西陇右军覆屯交兵使。五原有冤狱,久不决,真卿立辩之。天久旱,及狱决乃雨。郡人呼御史雨。(出《传载》)

卷第一百七十四

俊辩二（幼敏附）

薛道衡

隋吏部侍郎薛道衡尝游钟山开善寺，谓小僧曰："金刚何为怒目？菩萨何为低眉？"小僧答曰："金刚怒目，所以降伏四魔；菩萨低眉，所以慈悲六道。"道衡怃然不能对。（出《谈薮》）

李 白

开元中，李翰林白应诏草白莲花开序及宫词十首，时方大醉，中贵人以冷水沃之，稍醒。白于御前，索笔一挥，文不加点。（出《摭言》）

卷第一百七十五

幼 敏

白居易

　　白居易，季庚之子，始生未能言，默识之无二字，乳媪试之，能百指而不误。间日复试之，亦然。既能言，读书勤敏，与他儿异。五六岁识声韵。十五志诗赋，二十七举进士。贞元十六年，中书舍人高郢掌贡闱，居易求试，一举擢第。明年，拔萃甲科。由是习性相近远、求玄珠、斩白蛇等赋，为时楷式，新进士竞相传于京师矣。会宪宗新即位，始用为翰林学士。（出元稹《长庆集序》）

卷第一百七十六

器量一

卢承庆

　　卢尚书承庆,总章初考内外官。有一官督运,遭风失米。卢考之曰:监运失粮,考中下。其人容止自若,无一言而退。卢重其雅量,改注曰:非力所及,考中中。既无喜容,亦无愧词。又改曰:宠辱不惊,可中上。(出《国史异纂》)

卷第一百七十八

贡举一

期　集

谢恩后，方诣期集院。大凡未敕下已前，每日期集。两度诣主司之门。然三日后，主司坚请已，即止。同年初到集所，团司所由辈参状元后，更参众郎君。拜讫，俄有一吏当中庭唱曰："诸郎君就坐，双东单西。"其日醵（"日醵"二字原缺，据明抄本补）罚不少。又出抽名纸钱，（每人十贯文。其叙名纸，见状元，俄于众中骞抽三五个，便由此钱。唐《摭言》三"骞"作"蓦"。）铺底钱。自状元已下，每人三十贯文。（出《摭言》）

卷第一百七十九

贡举二

杜正玄

隋仁寿中,杜正玄、正藏、正伦。俱以秀才擢第。隋代举进士,总一十人,正伦一家三人。(出《谭宾录》)

许孟容

许孟容进士及第,学究登科,时号锦袄子上著莎衣。蔡京与孟容同。(出《摭言》)

卷第一百八十一

贡举四

刘 轲

刘轲慕孟轲为文,故以名焉。少为僧,止于豫章高安之果园。后复求黄老之术,隐于庐山。既而进士登第。文章与韩柳齐名。(出《摭言》)

贾 岛

贾岛不善呈试,每试,自叠一幅。巡铺("铺"原作"捕",据明抄本改)告人曰:"原夫之辈,乞一联,乞一联。"(出《摭言》)

卷第一百八十五

铨选一

戴胄

贞观四年，杜如晦临终，请委选举于民部尚书戴胄。遂以兼检校吏部尚书。及在铨衡，颇抑文雅而奖法吏，不适轮辕之用。物议以是刺之。（出《唐会要》）

杨师道

贞观十七年，杨师道为吏部尚书，贵公子，四海人物，未能委练，所署多非其才。深抑势贵及亲党，将以避嫌。时论讥之。（出《唐会要》）

卷第一百八十七

职 官

独孤及

独孤及求知制诰，试见元载。元知其所欲，迎谓曰："制诰阿谁堪？"及心知不我与而与他也，乃荐李纾。时杨炎在阁下，忌及之来，故元阻之，乃二人力也。（出《嘉话录》）

卷第一百九十一

骁勇一

赵 云

蜀赵云,字子龙,身长八尺,姿容雄伟。居刘备前锋,为曹公所围,乃大开门,偃旗鼓。曹公引去,疑有伏兵。云于后射之,公军大骇,死者甚多。备明日自来,视昨日战处,曰:"子龙一身都是胆也。"(出《赵云别传》)

秦叔宝

唐太宗每临阵,望贼中骁将骁士,炫耀人马,出入来去者,颇病之。辄命秦叔宝取之。叔宝应命跃马,负枪而进,必刺之于万众之中,人马俱倒。及后叔宝居多疾病,谓人曰:"吾少长戎马,前后所经二百余阵,屡中重疮,计吾出血亦数斛矣,何能不病乎?"(出《谭宾录》)

卷第一百九十五

豪侠三

荆十三娘

唐进士赵中行家于温州,以豪侠为事。至苏州,旅舍支山禅院。僧房有一女商荆十三娘,为亡夫设大祥斋。因慕赵,遂同载归扬州。赵以气义耗荆之财,殊不介意。其友人李正郎弟三十九有爱妓,妓之父母,夺与诸葛殷。李怅怅不已。时诸葛殷与吕用之幻惑太尉高骈,姿行威福。李慎祸,饮泣而已。偶话于荆娘,荆娘亦愤惋。谓李三十九郎曰:"此小事,我能为郎仇之。且请过江,于润州北固山六月六日正午时待我。"李亦依之。至期,荆氏以囊盛妓,兼致妓之父母首,归于李。复与赵同入浙中,不知所止。(出《北梦琐言》)

卷第一百九十七

博 物

虞世南

唐太宗令虞世南写列女传,屏风已装,未及求本,乃暗书之,一字无失。(出《国史异纂》)

卷第一百九十八

文章一

谢　朓

梁高祖重陈郡谢朓诗。常曰:"不读谢诗三日,觉口臭。(出《谈薮》)

王　勃

唐王勃每为碑颂,先磨墨数升,引被覆面而卧;忽起,一笔书之,初不点窜。时人谓之"腹稿"。(出《谈薮》)

卷第二百零二

儒行（怜才　高逸）

肖德言

唐肖德言笃志于学，每开五经，必盥濯束带，危坐对之。妻子谓曰："终日如是，无乃劳乎？"德言曰："敬先师之言，岂惮于此乎！"（出《谭宾录》）

贺知章

贺知章性放旷，美谈笑，当时贤达咸倾慕。陆象先既知章姑子也，知章特相亲善。象先谓人曰："贺兄言论调态，真可谓风流之士。"晚年纵诞，无复规检。自号四明狂客，醉后属词，动成篇卷，文不加点，咸有可观。又善草隶书，好事者共传宝之。请为道士归乡，舍宅为观，上许之。仍拜子为会稽郡司马。御制诗以赠行。（出《谭宾录》）

卷第二百零四

乐 二

梨园乐

天宝中,玄宗命宫女数百人为梨园弟子,皆居宜春北院。上素晓音律,时有马仙期、李龟年、贺怀智皆洞知律度。安禄山自范阳入觐,亦献白玉箫管数百事,皆陈于梨园。自是音响殆不类人间。(出《谭宾录》)

戚夫人

汉戚夫人善为翘袖折腰之舞,歌《出塞》《入塞》《望归》之曲。侍婢数百人皆为之,后宫齐唱,常入云霄。(出《西京杂记》)

卷第二百零七

书 二

谢 安

谢安字安石，学正于右军。右军云："卿是解书者，然知解书为难。"安石尤善行书，亦犹卫洗马，风流名士，海内所瞻。王僧虔云："谢安入能书品录也。"安石隶行草并入妙。兄尚字仁祖、万石，（《法书要录》万石作弟万字安石）并工书。（出《书断》）

萧 特

海盐令兰陵萧特善草隶，高祖赏之曰："子敬之书，不如逸少；萧特之迹，逐过其父。"（出《谈薮》）

卷第二百一十

画 一

张 衡

后汉张衡字平子，南阳西鄂人。高才过人，性聪，明天象，善书。累拜侍中，出为河间王相，年六十二。昔建州满城县山有兽名"骇神"，豕身人首，状貌丑恶，百鬼恶之。好出水边石上，平子往写之，兽入水中不出。或云，此兽畏写之，故不出。遂去纸笔，兽果出。平子拱手不动，潜以足指画之。今号巴兽潭。（出郭氏《异物志》）

卷第二百一十六

卜筮一

郭 璞

扬州别驾顾球姊生十年便病，至年五十余。令郭璞筮之。得"大过""之升"。其辞曰："大过卦者义不嘉，冢墓枯杨无英华。振动游魂见龙车，身被重累婴天邪。法由斩树（树原作祀，据明抄本改）杀灵蛇，非己之咎先入瑕。"案卦论之可奈何，球乃访迹其家事。先世曾伐大树，得大蛇杀之。女便病。病后有群鸟数千回翔屋上，人皆怪之，不知何故。有县农行过舍边，仰视，见龙牵车，五色晃烂。甚大非常。有顷遂天。（出《搜神记》）

卷第二百一十九

医 二

白 岑

白岑曾遇异人传发背方,其验十全。岑卖弄以求利。后为淮南小将,节度高适胁取之。其方然不甚效。岑至九江为虎所食,驿吏于囊中乃得真本。太原王升之写以传布。(出《国史补》)

卷第二百二十

医 三

渔人妻

瓜村有渔人妻得劳疾,转相染著,死者数人。或云:"取病者生钉棺中弃之,其病可绝。"顷之,其女病,即生钉棺中,流之于江。至金山,有渔人见而异之,引之至岸。开视之,见女子犹活,因取置渔舍。每多得鳗鲡鱼以食之,久之病愈。遂为渔人之妻,今尚无恙。(出《稽神录》)

卷第二百二十一

相 一

张柬之

张柬之任青城县丞,已六十三矣。有善相者云:"后当位极人臣。"从莫之信。后应制策被落。则天怪中第人少,令于所落人中更拣。有司奏一人策好,缘书写不中程律,故退。则天览之,以为奇才。召入,问策中事,特异之。既收上第,拜王屋县尉。后至宰相,封汉阳王。(出《定命录》)

孙思邈

孙思邈年百余岁,善医术。谓高仲舒曰:"君有贵相,当数政刺史。若为齐州刺史,邈有一儿作尉,事使君,虽合得杖,君当忆老人言,愿放之。"后果如其言,已剥其衣讫,忽记忆,遂放。(出《定命录》)

卷第二百二十四

相 四

杨贵妃

贵妃杨氏之在蜀也,有野人张见之云:"当大富贵,何以在此。"或问至三品夫人否?张云:"不是。""一品否?"曰:"不是。""然则皇后耶?"曰:"亦不是,然贵盛与皇后同。"见杨国忠,云:"公亦富贵位,当秉天下权势数年。"后皆如其说。(出《定命录》)

卷第二百二十五

伎巧一

弓 人

宋景公造弓，九年乃成而进之。弓人归家，三日而卒。盖匠者心力尽于此弓矣。后公登兽圈之台，用此弓射之，矢越西霸之山，彭城之东，余劲中石饮羽焉。（出《淮南子》）

卷第二百二十七

伎巧三

陟岯寺僧

　　荆州陟岯寺僧那照善射，每言照射之法。凡光长而摇者鹿；贴地而明灭者兔；低而不动者虎。又言夜格虎时，必见三虎并来。狭者虎威，当刺其中者。虎死，威乃入地，得之可却百邪。虎初死，记其头所藉处，候月黑夜掘之。欲掘时，必有虎来吼掷前后，不足畏，此虎之鬼也。深二尺，当得物如琥珀，盖虎目光沦入地所为也。（出《酉阳杂俎》）

卷第二百二十九

器玩一

周灵王

周灵王二十三年起昆阳台。渠胥国来献玉骆驼高五尺，琥珀凤凰高六尺，火齐镜高三尺，暗中视物如昼，向镜则影应声。周人见之如神。灵王末，不知所之。（出《王子年拾遗记》）

卷第二百三十四

食

茅容

后汉茅容字季伟,郭林宗曾寓宿焉。及明旦,容杀鸡为馔,林宗初以为己设。既而容独以供母,自以草蔬与客同饭。林宗因起拜之曰:"卿贤乎哉。"劝之就学,竟以成德。(出《陈留耆旧传》)

卷第二百三十五

交 友

管 宁

魏管宁与华歆友善。尝共园中锄菜,见地有黄金一片。管挥锄不顾,与瓦石无异;华捉而掷之。又尝同席读书。有乘轩冕者过门,管读书如故,华废书出看;管割席分坐曰:"子非吾友也。"(出《世说》,明抄本作出《殷芸小说》)

竹林七贤

陈留阮籍、谯国嵇康、河内山涛,三人年相比。预此契者,沛国刘伶、陈留阮咸、河内向秀、琅琊王戎。七人常集于竹林之下,肆意酣畅。世谓之竹林七贤。(出《世说》)

卷第二百三十六

奢侈一

吴王夫差

吴王夫差筑姑苏台,三年乃成。周环诘屈,横亘五里。崇饰土木,殚耗人力。宫妓千人,又别立春霄宫。为长夜饮,造千石酒盅。又作大池,池中造青龙舟,陈妓乐,日与西施为水戏。又于宫中作灵馆馆娃阁,铜铺玉槛,宫之栏楯,皆珠玉饰之。(出《述异记》)

赵飞燕

赵飞燕为皇后。其女弟昭仪在昭阳殿遗飞燕书曰:"今日佳晨,贵姊懋膺洪册。上贡(明抄本"贡"作"燧")三十五条,以陈踊跃之至,金花紫纶帽、金花紫罗面衣、织成下裾、同心七宝钗、七宝綦履、玉环、五色文绶、鸳鸯襦、云母屏风、琉璃屏风、云母七宝扇、琥珀枕、龟文枕、金错绣裆、琉璃玛瑙匜、珊瑚块、黄金步摇、金博山炉、七支灯、回风席、茵叶席、金蒲圆珰、孔雀扇、五明扇、九华扇、同心梅、合枝李、三清木香、螺卮（出南中螺田）、麝香、沉水香、九真黄、鸳鸯襦及被。"（出《西京杂记》）

卷第二百三十九

谄佞一

安禄山

玄宗命皇太子与安禄山相见,安禄不拜。因奏曰:"臣胡人,不闲国法,不知太子是何官?"玄宗曰:"是储君。朕万岁后,代朕君汝者。"安禄曰:"臣愚,比者只知有陛下,不知有太子。"左右令拜,安禄乃拜。玄宗嘉其志诚,尤怜之。(出《谭宾录》)

卷第二百四十

谄佞二

太真妃

太真妃尝因妒忌，有语侵上。上怒甚。令高力士以辎车载送还其家。妃悔恨号泣，抽刀剪发，授力士曰："珠玉珍异，皆上所赐，不足充献。唯发父母所生，可达妾意。望为申妾万一慕恋之诚。"上得发，挥涕潸（"潸"字原缺，据明抄本补。）然。遽命力士召之归。（出《贵妃传》，明抄本作出《开元传》）

卷第二百四十五

诙谐一

杨　修

晋杨修九岁，甚聪慧。孔君平诣其父，不在。杨修时为君平设。有果杨梅，君平以示修："此实君家果。"应声答曰："未闻孔雀是夫子家禽也。"（出《启颜录》）

卷第二百五十

诙谐六

狄仁杰

唐秋官侍郎狄仁杰，戏秋官侍郎卢献曰："足下配马乃作驴。"献曰："中劈明公姓。（"姓"字原缺，据明抄本补。）乃成二犬。"杰曰："狄字犬旁火也。"献曰："犬旁有火，乃是煮熟（明抄本"熟"作"热"。）狗。"（出《朝野佥载》）

卷第二百六十四

无赖二

南荒人娶妇

南荒之人娶妇，或有喜他室之女者，率少年，持刀挺，往趋虚路以侦之，候其过，即擒缚，拥归为妻。间一二月，复与妻偕，首罪于妻之父兄。常俗谓缚妇女婿。非有父母丧，不复归其家。（出《投荒杂录》）

卷第二百六十七

酷暴一

高 洋

北齐高洋,以光武中兴为诛刘氏不尽,于是大诛诸元,死者千余,弃之漳水。有捕鱼者得爪甲,为之元郎鱼,人不忍食之。唯元蛮、元长春、元景安,三家免诛。蛮以其女为常山王妃,春、安等以其多力善射故也。景安兄景皓曰:"宁为玉碎,不作瓦全。"景安奏其言,帝复杀之。自是元氏子孙,老幼贵贱无遗矣。(出《谈薮》)

卷第二百七十二

妇人三

赵飞燕

汉赵飞燕体轻腰弱,善行步进退。女弟昭仪,不能及也。但弱骨丰肌,尤笑语。二人并色如红玉,当时第一,擅殊(殊字原空缺。据黄本补。)宠后宫。(出《西京杂记》)

卷第二百七十六

梦 一

吴夫差

吴王夫差夜梦三黑狗号，以南以北，炊甑无气。及觉，召群臣言梦，群臣不能解。乃召公孙圣。圣被召，与妻诀曰："以恶梦召我，我岂欺心者，必为王所杀。"于是圣至，以所梦告之。圣曰："王无国矣！犬号者，宗庙无主；炊甑无气，不食矣。"王果怒，杀之。及越兵至，王谓左右曰："吾无道，杀公孙圣，汝可呼之。"于是三呼三应。吴卒为越所灭。（出《越绝书》）

卷第二百八十

梦 五

王方平

太原王方平性至孝。其父有疾危笃。方平侍奉药饵，不解带者逾月。其后侍疾疲极，偶于父床边坐睡。梦一鬼相语，欲入其父腹中。一鬼曰："若何为入。"一鬼曰："待食浆水粥，可随粥而入。"既约，方平惊觉。作穿碗。以指承之，置小瓶于其下。候父啜，乃去承指，粥入瓶中，以物盖上。于釜中煮之为沸，开视，乃满瓶是肉。父因疾愈。议者以为纯孝所致也。（出《广异记》）

卷第二百八十五

幻术二

太白老僧

大唐中，有平阳路氏子，性好奇。少从道士游，后庐于太白山。尝一日，有老僧叩门，路君延坐，与语久之。僧曰："檀越好奇者，然来能臻玄奥之枢，徒为居深山中。莫若袭轻裘，驰骏马，游朝市，可不快平生志，宁能与麋鹿为伍乎？"路君谢曰："吾师之言，若真有道者。然而不能示我玄妙之迹，何为张虚词以自炫耶？"僧曰："请弟子观我玄妙之迹。"言讫，即于衣中出一合子，径寸余，其色黑而光。既启之，即以身入，俄而化为一鸟，飞冲天。（出《宣室志》）

卷第二百八十八

妖妄一

胡超僧

　　周圣历年中，洪州有胡超僧，出家学道，隐白鹤山，微有法术，自云数百岁。则天使合长生药，所费巨万，三年乃成。自进药于三阳宫。则天服之，以为神妙，望与彭祖同寿，改元为久视元年。放超还山，赏赐甚厚。服药之后二年而则天崩。（出《朝野佥载》）

卷第二百九十一

神 一

竹 王

汉武帝时，有竹王兴于豚水。有一女子浣于滨，有三节大竹，流入女子足间。推之不去，闻有声，持破之，得一男儿。及长，遂雄夷濮，氏竹为姓。所损破竹，于夜成林，王祠竹林是也。王尝从人止大石上，命作羹。从者曰："无水。"王以剑击石出水，今竹王水是也。后唐蒙开牂牁，斩竹王首。夷獠威怨，以竹王非血气所生，求为立祠。帝封三子为侯。及死，配父庙，今竹王三郎祠其神也。（出《水经》）

卷第三百零四

神十四

女娲神

肃宗将至灵武一驿。黄昏，有妇人长大，携双鲤，咤于营门曰："皇帝何在？"众以为狂。上令潜视举止。妇止大树下，军人有逼视，见其臂上有鳞，俄天黑失所在。及上即位，归京阙，琥州刺史王奇光。奏女娲坟云，天宝十三载，大雨晦冥忽沈。今月一日夜，河上有人觉风雷声，晓见其坟涌出。上生双柳树，高丈余，下有巨石。上初克复，使祝史就其所祭之，至是而见。众疑妇人是其神也。（出《酉阳杂俎》）

卷第三百一十三

神二十三

钟离王祠

遂州东岸唐村，云，昔有一人，衣大袖，戴古冠帻，立于道左。语村人曰："我钟离王也。旧有神在下流十余里，因火摧损。今像溯流而止，将至矣。汝可于此为我立庙。"村人诣江视之，得一木人，长数尺，遂于所见处立庙，号唐村神。至今祷祈皆验。或云，初见时如道士状。（出《录异记》）

卷第三百一十六

鬼 一

公孙达

　　任城公孙达，甘露中，陈郡卒官，将敛，儿及郡吏数十人临丧。达五岁儿，忽作灵语，音声如父，呵众人哭止。因呼诸子，以次教诫。儿等悲哀不能自胜，及慰勉之曰："四时之运，犹有始终。人修短殊，谁不致此？"语千余言，皆合文章。儿又问曰："人亡皆无所知，唯大人聪明殊特，有神灵耶？"答曰："鬼神之事，非尔所知也。"因索纸笔作书，辞义满纸，投地遂绝。（出《列异传》）

卷第三百一十八

鬼 三

赵伯伦

秣陵人赵伯伦,曾往襄阳。船人以猪豕为祷,及祭,但狖肩而已。尔夕,伦等梦见一翁一姥,鬓首苍素,皆著布衣,手持桡楫,怒之。明发,辄触沙冲石,皆非人力所禁。更施厚馔,即获流通。(出《幽明录》)

卷第三百三十

鬼十五

韦氏女

洛阳韦氏,有女殊色。少孤,与兄居。邻有崔氏子,窥见悦之。厚赂其婢,遂令通意,并有赠遗。女亦素知崔有风调,乃许之,期于竹间红亭之中。忽有曳履声,疑崔将至,遂前赴之。乃见一人,身长七尺,张口哆唇,目如电光,直来擒女。女奔走惊叫,家人持火视之,但见白骨委积,血流满地。兄乃诘婢得实。杀其婢而剪其竹也。(出《惊听录》)

卷第三百八十七

悟前生一

羊 祜

晋羊祜三岁时,乳母抱行。乃令于东邻树孔中探得金环。东邻之人云:"吾儿七岁堕井死,曾弄金环,失其处所。"乃验祜前身,东邻子也。(出《独异记》)

卷第三百八十九

冢墓一

相思木

晋战国时，卫国苦秦之难，有民从征，戍秦不返。其妻思之而卒，既葬，冢上生木，枝叶皆向夫所在而倾，因谓之相思木。（出《述异记》）

卷第三百九十八

石

人 石

昔有夫妻二人,将儿入山猎,其父落崖,妻子将下救之,并变为三石,因以为人石。(出《周地图记》)

鸣 沙

灵州鸣沙县有沙,人马践之,辄纷然有声。持至他处,信宿之后,无复有声。(出《国史异纂》)

卷第三百九十九

水

元街泉

元街县有泉,泉眼中水,交旋如盘龙。或试挠破之,随手成龙状,驴马饮之皆惊走。(出《酉阳杂俎》)

湘水

湘水至清,深五六丈,下见底,碎石若樗蒲子,白沙如霜雪,赤岸若朝霞。(出罗含《湘川记》)

卷第四百

宝 一

宇文进

夏县令宇文泰犹子进,尝于田间得一昆仑子,洗拭之,乃黄金也。因宝持之。数载后,财货充溢,家族蕃昌。后一夕失之,而产业耗败矣。(出《纪闻》)

卷第四百零三

宝 四

玉如意

吴孙权时，有掘得铜匣，长二尺七寸，以琉璃为盖。又一白玉如意。所执处皆刻龙虎及蝉形。莫能识其由。使人问综。综，博物者也。曰："昔秦皇以金陵有天子气，平诸山阜，处处埋宝，以当王气。"此盖是乎？（出《酉阳杂俎》）

卷第四百零九

草木四

栀子花

诸花少六出者,唯栀子花六出。陶真白言:"栀子剪花六出,刻房七道。"其花香甚,相传即西域薝卜也。

睡莲花

睡莲。南海有睡莲,夜则花低入水。(原阙出处,今见《酉阳杂俎》十九)

卷第四百一十八

龙 一

张鲁女

　　张鲁之女，曾浣衣于山下，有白雾濛身，因而孕焉。耻之自裁。将死，谓其婢曰："我死后，可破腹视之。"婢如其言，得龙子一双，遂送于汉水。既而女殡于山。后数有龙至，其墓前成蹊。（出《道家杂记》）

卷第四百二十

龙 三

凌波女

玄宗在东都,昼寝于殿,梦一女子容色浓艳,梳交心髻,大帔广裳,拜于床下。上曰:"汝是何人?"曰:"妾是陛下凌波池中龙女,卫宫护驾,妾实有功。今陛下洞晓钧天之音,乞赐一曲,以光族类。"上于梦中为鼓胡琴,拾新旧之声为《凌波曲》。龙女再拜而去。及觉,尽记之。因命禁乐。自与琵琶,习而翻之。遂宴从官于凌波宫,临池奏新曲。池中波涛涌起复定,有神女出于波心,乃昨夜之女子也。良久方没。因遣置庙于池上,每岁祀之。(出《逸史》)

卷第四百二十四

龙 七

吴山人

陇州吴山县,有一人乘白马夜行,凡县人皆梦之。语曰:"我欲移居,暂假尔牛。"言讫即过。其夕,数百家牛,及明,皆被体汗流如水。于县南山曲出一湫,方圆百余步。里人以此湫因牛而迁,谓之"特牛湫"也。(出《独异志》)

卷第四百二十六

虎 一

汉景帝

汉景帝好游猎。见虎不能得之,乃为珍馔,祭所见之虎。帝乃梦虎曰:"汝祭我,欲得我牙皮耶?我自杀,从汝取之。"明日,帝入山,果见此虎死在祭所。乃命剥取皮牙,余肉复为虎。(出《独异志》)

亭 长

长沙有民曾作槛捕虎。忽见一亭长,赤帻大冠,在槛中。因问其故,亭长怒曰:"昨被县召,误入此中耳。"于是出之。乃化为虎而去。(出《搜神记》)

卷第四百四十六

畜兽十三

能　言

　　安南武平县封溪中,有猩猩焉。如美人,解人语,知往事。以嗜酒故,以屐得之。槛百数同牢。欲食之,众自推肥者相送,流涕而别。时饷封溪令,以帕盖之。令问何物,猩猩乃笼中语曰:"唯有仆并酒一壶耳。"令笑而爱之,养畜,能传送言语,人不如也。(出《朝野佥载》)

卷第五百

杂录八

赵 崇

赵崇凝重清介,门无杂宾,慕王濛、刘真长之风也。标格清峻,不为文章,号曰无字碑。每遇转官,旧例各举一人自代,而崇未尝举人。云:"朝中无可代己者。"世以此少之。(出《北梦琐言》)

帝 耙

晋开运末,契丹主耶律德光自汴归国,殂于赵之栾城。国人破其腹,尽出五脏,纳盐石许,载之以归。时人谓之"帝耙"。(出《玉堂闲话》)